다시는 별이
되지 않겠습니다

시소년 지음

FOREST
WHALE

차 례

1장 봄에 피어나지 못한 우리

2장 검붉은 손목이 말했다

3장 아픔이 추억이 될 때쯤에

4장 청춘과 구태 사이 어른이 되었다

들어가며

*

누구나 아픔이 있다. 무게는 없다. 그저 색이 다를
뿐. 생애의 고열이 드는 시기는 저마다 다를 테다. 어
릴 적 지독한 가난과 가정폭력에 시달린 아이는 소
년이 되어서도 무수한 결핍과 싸워야 했고, 어느덧
상처들을 머금어 추억으로 오므리기 시작했다. 매일
밤 행복을 고이 담은 기도를 달을 향해 쐈다. 염원은
달에 미치지는 못했지만, 별들 사이로 떨어졌다. 우
리는 세상 모든 것으로부터 상처받을 수 있지만, 세
상 모든 것으로부터 위로받을 수 있는 존재다.

지친 하루에 잠시 열어볼 수 있는 책이 되기를 바라
며, 씀.

아픔을 쓰고
덮으며 든 생각

*

내가 새긴 문신은 왜 푸르스름했을까. 어릴 적엔 폭력과 살았고 내일 무렵에는 여전히 도망치고 있을 테다. 어김없이 계절을 타는 난 선선한 계절이면 항상 떠나고 싶어 했다. 제주의 바람, 영월의 안개, 별이 된 그녀의 어린 시절이 있는 포항. 다 좋지만 소박하게 '이곳'이라고 속삭였다.

두려웠다. 내가 사라져도 무엇 하나 바뀌지 않는 세상보다 살아 숨쉬기에 바뀌는 것들이. 매해 사계는 인연을 빼앗아 갔고, 고된 하루는 사랑과 한 발짝 더 멀어지는 시간이었다. 적막이 찾아오는 날은 공교롭게도 옆집 아저씨의 기침 소리마저 멈췄다. 이른 밤 베개를 적신 난

머리를 복잡스럽게 하는 생각들에 더 이상 제목을 붙이
지 않기로 했다.

어지럽혀지는 집을 무기력하게 바라만 보며 무례하게
지난날의 부지런함을 폄훼했다. 열정만으로 결핍을 묻
어두던 시기, 무엇보다 뜨거웠는데 그게 씨앗이었을 줄
은 몰랐다. 피어난 나무에는 나를 학대한 지아비의 모습
이 맺혔다. 그 굴레를 부정하고 싶은 마음에 젊음을 베
어버렸다. 얇은 밑동엔 그 무엇도 앉지 않았다. 나는 스
물하고도 몇 겹의 나이테를 보며 어쩌다 보니 상처받는
것보다 주는 게 쉬워졌다고 중얼거렸다.

나를 돌보지 않은 사이 마음엔 뽀얀 버섯이 자랐다. 오
늘도 사람들은 나의 이름 모를 버섯을 두고 취해도 될지
고민한다. 서울의 콘크리트 바닥 위에서 어릴 적 굴렁쇠
는 더 이상 구르지 못했다. 이 도시에선 정교한 계산만
이 살아남았다. 나의 외로움은 무엇인가. 어머니의 품도
영원을 약속했던 사랑도 가질 땐 소중함을 몰랐던 건강

도 분명히 다 그 시절에 두고 왔는데 말이다.

봄 잠을 깨우던 기와 밑 고양이 울음소리가 어느덧 들리지 않는다. 나는 오늘도 뜬금없이 평일 밤 철교 위를 찾았다. 그리고서 묵념하는 사람이 또 있을까 두리번거렸다. 몇 켤레의 신발이 세상에서 가장 아름답게 놓여 있지만, 연일 세상은 가슴팍 작은 금빛 배지에만 관심 있었다. 그래, 나의 외로움은 뜬금없는 강변 파도 소리의 이유를 아는 것이요, 두려움은 나 또한 무수한 한 번의 파도 소리가 된다는 사실이었다.

아파도 사랑할 것, 불의와 부딪힐 것, 작별을 잊어줄 것, 소외를 경계할 것, 가족을 안아줄 것. 이 모든 걸 지키지 못해 섣불리 떠나는 어린 영혼을 고이 보내줄 것.

우리가 그 어느 곳에서도 눈물을 허비하지 않기를 바란다. 세상에는 여전히 따뜻한 눈물이 필요한 곳이 많으니까. 고약한 생애 동안 한 가지 깨달은 건 떠나간 곳에서도 볼품없는 꽃은 피기 마련이라는 것이다.

수십, 수백 개의 실패가 모여 한 번의 성공이 되듯이. 그
성공이 모여 기적이 되듯이. 당신이 소년의 실패를 딛고
기적이 되기를. 그렇게 이루지 못한 나의 꿈, 조금이나
마 따듯한 세상이 온다고 말해준다면 마지막 눈물을 훔
치고 웃을 수 있을 것 같아서. 꽤 멋진 이야기였고 많이
아픈 소설이었던 나날들. 밤새 끄적인 아픔이 그대 마음
에 가닿기를 바라며 썼다.

다 쓰고….

배가 고파 라면을 꺼냈다. 먹지 못할까 유통기한을 보지
않았다. 가스가 끊겼다. 그래도 항상 피울 담배는 있었
다. 오랜만에 눈물이 나 웃었다.

1장

봄에 피어나지 못한 우리

피어나지
못한 것들을 위하여

*

저는 추운 계절 보란 듯이 태어났습니다.
그대, 원치 않는 탄생이라 축복하지 않았나요.

평생 빌어먹을 심장은 엇박자이고 매일 독한 약을 먹어
야 산다고 합니다. 처방전엔 '희망'이 아닌 '연명'이라 적
혀 있습니다.

슬슬 반지하 위로 꽃이 핍니다. 날은 따스하고 사람들은
저마다 서로를 사랑합니다. 저 또한 곰팡이 가득 핀 골
방에서 습하게 홀로 사랑합니다.

봄은 매년 오지만 매번 제 곁까지 다가오진 않습니다.
그래도 이 계절이 좋아서 매년 이맘때쯤 기억되길 바랍
니다.

삶의 마지막 계절을 스스로 정할 수 있다는 건 크나큰
축복입니다. 정갈하게 차려입고 아직 심이 남은 연필로
소박한 편지를 쓰고 가렵니다.

'수고했어', '다음에는', '피어나자'.

장례식장

*

친구가 죽었다.
'뺑소니'
* 이름 모를 이에게

영정을 쳐다보지 못했다.
육개장을 게걸스럽게 먹었다.
추악하고 몰염치하게 울었다.

사실 슬프지 않았다.

"그 녀석이 부러웠다."

숨바꼭질

*

십수 년째 하는 놀이가 있습니다. 낑낑대며 옷장에 몸을 구기다가 갑갑함에 부엌 한쪽으로 웅크립니다. 시간이 흘러서는 그냥 마룻바닥에 눌러앉기도 하였습니다. 점차 입 주변이 거뭇해질 때쯤 해진 교복을 입고 다니면서도 혹여나 들킬까 숨죽여 다녔습니다. 어느덧 강산은 새 생명을 낳고 마을 어귀 고목의 가지는 새들의 둥지를 버티지 못하며 부러졌습니다. 그렇게 세상은 주름졌고 저도 놀이가 지루해졌습니다. 그래요, 그대 눈에는 제가 아직 보이지 않나 봅니다.

꽃잎 속에
숨어봐도

*

왜 기억은 항상 어두운 곳을 가리킬까
지우고 지워도 번지기만 해

상처받는 것보다 상처 주는 게 쉬워질 때
세상은 날 어른이라 불렀네

참 별난 일이야 미워했던 모습들이
조금씩 너와 내가 되고 우린 점점 멀어지고

난 제자리에서 스스로 밀어버린
아이를 기다리고 또 세상과 닮아있네

물물교환

*

어릴 적 어머니는 젊음과 나를 맞바꿨다

어릴 적 지아비는 수시로 나를 두들겼다

모부(母父)는 그 대가로 생명을 줬다

*

근데 썩 석연치 않아 다시 돌려주려 한다

낡은 버스

동네 낡은 버스에 여러 손님이 타고 내립니다,

차고지부터 탄 외로움이라는 손님
매일 아침 마주치는 나태라는 손님
큰 소리로 통화하는 불안이라는 손님
심야에 고주망태가 된 정의라는 손님
종착지까지 갈 기세인 불행이라는 손님
그 안에서 시들어가는 젊음이라는 손님.

아쉽지만 우리의 낡은 버스는
조금 일찍 멈출 것 같습니다.

첫사랑

영원한 사랑을 약속한 소녀가 있었다.

사람들은 가장 아름다운 꽃을 제일 먼저 꺾인다. 나도 그랬다. 늦겨울 아직 만개하지 않은 소녀의 가녀린 잎을 꺾으며 선한 향을 탐했다.

봄바람 불어올 무렵 소녀는 애석하게도 찰나의 순간 별이 됐다. 매서운 바람이 부는 날이면 믿기지 않을 정도로 차갑고 딱딱해진 앙상한 줄기가 꿈속에서 요동친다. 몇몇 새벽, 옛 기억에 허우적거리는 날이면 동이 틀 때까지 소녀에 대한 시를 썼다.

사람들은 나의 글을 소설이라 불렀고, 나는 들리지 않을
정도로 실화라고 읊조렸다.

호흡

*

사랑은 호흡 같아서
첫 만남에 생명을 주고
이별 끝에서 오염 된다

원작

*

그는 나를 패륜아라 읽었고
그녀는 나를 짐이라 읽었다
나는 그들을 부모라 발음했다

친구들을 벗, 어깨라 부르기를 좋아했고
그들은 출신, 집안으로 가늠하길 좋아했다

세상은 내게 가난이라는 제목을 붙였고 소년의 꿈에는
오탈자가 많다며 고치기 바빴다. 세상은 나의 결말을 아
는 듯했고 소년은 그저 매번 뻔뻔하게 푸른 하늘을 원망
할 뿐이었다.

신길1동

3살 때 어머니는 지아비와 이혼했고 나는 이곳저곳 떠돌다 7살 무렵 신길1동에서 꽤 오래 살게 된다. 자기 아들만큼은 끔찍이 아끼는 개신교 노파 그리고 사채 노름빚에 숨어 지내는 지아비와 함께 12년을 살게 된다. 성장기를 보낸 곰팡이 핀 골방은 볕도 잘 들지 않았다. 벌레조차 오래 살지 못하는 그곳에 친구들을 초대하는 일은 없었다. 그저 매번 지아비가 두들긴 갖가지 흉터들을 숨기기 바빴다. 그때 깨달은 게 있다면 굶주림이란 오랜 시간이 지나면 무뎌진다는 것이었다. 매일 지아비와 홍역을 치르고 나면 낡은 교회에서 받은 오래된 MP3로 리쌍의 음악을 들으며 새벽을 보내곤 했다.

곰팡이 핀 벽지 위엔 핏덩이가 토해낸 노랫말이 빼곡히 적혀 있다. 서른을 앞둔 무렵 가끔 그 지옥 같던 골방이 떠오른다. 어쩌면 신길1동에는 여지껏 그 가사들이 남아 있다. 어쩌면 신길1동에는 멍든 아이의 상흔이 흩뿌려져 있다. 아직 그 동네에는 가족 같은 친구들이 살고 있다. 아직 그 동네에는 개신교 노파가 연명해 있다. 아직 그 동네에는 지아비가 숨어 지내고 있다. 그래서 그 동네에는 여전히 나의 아픔이 살아있다.

지아비 서랍에 총을 넣는 상상

*

그의 서랍 안에 총을 넣어두었다

달콤한 총구가 혀끝에 닿으면 당신은 괴로운 삶에서 벗어날 수 있다 갖은 실패와 절망을 떠나보낼 수 있다.

짙은 유혹에 중독돼 방아쇠를 달그락거리면 마치 생명을 움켜쥔 듯 오만에 빠질 것이다. 현생의 고통에서 벗어나 안온히 영원한 잠을 청할 것이다.

*

그날 새벽 곰팡이 핀 골방엔 총성이 들렸고 나는 붉게 흩뿌려져 영원히 아버지에게 맞지 않을 수 있었다.

- 중학생 시절 쓴 일기 中

아침

아침을 상상하면 떠오르는 것들, 어쩌면 우리가 아는 아
침은 실제 맞닿은 삶과는 거리가 멀다. 내리쬐는 볕, 화
창한 하늘, 산뜻한 빛줄기를 밟으며 걷는 날이 얼마나
되겠는가. 자욱한 안개, 무거운 기운, 한 치 앞조차 어둑
한 길을 무수히 걸어왔겠지. 그래, 우린 그저 소박한 아
침을 꿈꾸는 고약한 세상 속 가녀린 주인공일 테지.

처방전

늘 우울합니다. 삶은 지치고 지겹습니다. 가슴 속엔 언제 터질지 모르는 시한폭탄이 불시에 심지를 위협합니다. 지저분한 악몽 그 악몽 속에 빠져 오늘도 깨어나지 못합니다. 지독하게 밥을 거르는 습관 갖가지 나태에 씻지도 않고 담배만 피워댑니다.

내뱉은 연기가 사라지는 걸 보니 마음이 편안해집니다. 살아있음과 동시에 죽어가는 기분을 느낍니다. 이 오묘한 쾌락은 마음에 멍이 든 이에겐 가장 따뜻한 위안이 됩니다.

한 대 더 피우러 발걸음을 돌린 곳에 어머니가 서 있었습니다. 몇 번을 끔뻑대고 나니 역시 환시였나 봅니다

의사 선생님껜 병원에 그만 나오겠다고 말씀드렸습니다. 그렇게 진료를 마치고 마지막 처방전을 받았습니다.

"떠날 용기"

영수증엔 '죗값'이라 적혀 있었습니다.

부재중 전화

저는 얄궂게 부재중 전화를 남겨놓기를 좋아합니다. 때로는 수화음이 들리기도 전에 끊어버리기도 합니다. 제가 부재중 전화를 남겨놓았다는 것은 당신을 사랑한다는 의미와도 같습니다.

그런 장난을 반복하다 남겨놓았던 전화를 전부 수신받고 하루를 마칩니다. 오늘도 한 통의 연락은 되받지 못했습니다. 이놈에 전화는 십수 년째 그녀의 목소리를 들려줄 기색이 없습니다.

번호는 바뀌지 않았습니다,
바뀐 건 혈연뿐이었습니다.

작가가 될 수밖에 없었습니다

*

저의 사랑은 글을 벗어나면 외설이 됩니다
저의 상상은 글을 벗어나면 몽상이 됩니다
저의 희망은 글을 벗어나면 현실이 됩니다

어쩌면 저는 작가가 될 수밖에 없었습니다

예술을 한다는 것은

*

원대하지 않아도 별의별 상상의 나래를 펼쳤던 시기. 그리 오래되지 않았다. 청춘이 헐떡거릴 때까지만 해도 꿈을 꾸었으니까. 가난에서 벗어나면 타인을 도울 것이고 명예로운 나날마다 겸손할 것이며 귀감과 존경을 일삼는 이가 되리라. 역설적이게도 이 포부는 당시 단 하나도 지니지 못했다는 것에 대한 반증이었다. 세상을 조금 살아보니 꿈은 마치 결핍의 포트폴리오 같다. 얼마만큼 없으며 얼마만큼 추했는가, 자웅을 겨루며 치열한 빈 수레를 들고 경쟁에 뛰어든 나의 젊음은 어쩌면 가장 풍족한 이 시기를 등지고 사막에서 모래를 갈구하는 꼴이었다.

글을 쓰기 시작한 이유

*

여전히 연필 잡는 법을 모르지만, 무식하게나마 '지은 죄'를 써 내립니다. 쓰고 또 쓰고 깎고 또 깎다 보면 어 느새 짧아진 연필 끝이 얼마나 많은 죄를 짓고 살았는지 몸소 보여줍니다.

사랑이 저를 떠나 행복을 얻었듯이, 모부(母父)가 나를 버려 자유를 얻었듯이, 저도 이제 곪은 과거에서 벗어나 꾸역꾸역 흑심을 써내려 오염된 시간을 게워보고자 합 니다. 심이 다 달아도 마지막 글이 되지 않기를 바라며.

자존심

내 손목은 나름 깨끗하다. 과거가 미래를 잡아먹는 밤이면 왼쪽 가슴, 정확히는 심장 부근을 그었다. 긋고 긋다 보면 지아비에게 찔렸던 가슴 위로 내가 새긴 흔적이 붉게 수놓아졌다. 그렇게 가쁜 숨을 내쉬며 '낙인'을 게워냈다. 당신이 나를 창조한 '일부'라 면 소멸은 오로지 나의 몫이어야만 했다.

어머니의 거짓말

*

밤하늘의 별을 거의 다 셌을 때쯤에
이 새벽이 끝날 거라 믿었고 빌었다

***

소년은 여전히 외로운 방에서
마지막 별을 세지 않고 있다

부 (父)

*

당신의 장례식에 가야 될까요,

당신의 아들로 살아야 할까요,

당신을 용서해야 되는 걸까요,

당신이 제발 죽기를 바랐던 어린 제가 불효자일까요.

결핍

*

정을 쉽게 준다는 이유로
가벼운 사람처럼 보인다는 것은
참으로 가슴 아픈 일이었습니다

총구

시린 겨울 끝자락 들꽃 피기 전 뜨거운 여름은 한참 남
았거늘. 붉게 익은 심술과 날 선 혀 그리고 마음의 가시
가 어김없이 서로를 향한다. 질서라는 이름 아래 걸어놓
은 차가운 자물쇠는 금세 녹슬어버렸다. 마음의 문은 우
리를 갈라놓은 집 앞 철문보다 두꺼웠다. 사람들은 가혹
하게 변했다. 혐오는 구석에 박힌 지난날의 상처까지 화
약 삼아 타인에게 무분별하게 난사됐다. 가열된 총구마
저 낙인을 찍는데 써버린 우리는 오늘도 불쾌하게 익어
갔다. 시답잖게 어른이 된 나는 필요할 때만 상대를 안
으려 들었고 눈치 빠른 이들에게서 오는 배신감은 항상
관계의 뒷말로 따라다녔다.

사람은 좁지만 세상은 넓다

*

세상이 참 좁다고는 하지요. 근데 사실 좁은 건 사람이
에요. 우리는 넓은 세상 속 좁은 곳에 갇혀 있기에, 그렇
게 느끼는 거지요.

저의 마음의 방도 좁습니다. 그래서 멀리 도망치지 못하
고 결국 고통과 마주치곤 하지요. 조금만 움직여도, 과
거와 부딪히기 십상입니다.

지쳐 누웠습니다. 별이 낮은 천장에서 떨어질락 말락 하
네요. 세상이 참 좁다고는 하지요. 근데 역시 아무리 생
각해도 좁은 건 사람입니다.

그렇게 벙어리는 죽었다

*

곰팡이 핀 골방, 아무리 악취를 먹어도 배를 곯는 날이면 중국집에서 일하는 옥탑방 벙어리 아저씨가 짜장면 한 그릇을 가져다주셨다.

그에게 감사해 입을 떼려다가도 나름의 배려로 고마움을 삼켰고, 굳이 손발 짓 하지 않아도 어린 소년의 웃음으로 한 끼 배부름의 값을 치를 수 있었다.

말하지 않아도 기분 좋은 아침

*

아저씨는 죽었다.

등굣길 마당, 붉은 별이 수놓아진 기억. 경관은 더미를 살펴보고 개신교 노파는 집값 걱정에 격정을 냈다.

아무도 그에게 묻지 않았지만,
그는 끝까지 무언(無言)했다.

우리는 늘 고함에는 귀 기울이지만 소리 없는 정에는 씨 알만 한 관심 하나 주지 않는다는 것을,
아저씨는 이미 아셨던 걸까.

사랑의 단어

어릴 적 어쩌다 보니 소중한 걸 여의어버렸습니다. 그 이후로 사랑의 단어를 곱씹지 못했습니다. 돌이켜보니 어머니의 단어는 약자의 분노, 가혹한 책임, 숱한 압박감 등이 아니었을까 싶습니다. "그녀도 당시엔 내 또래 소녀였을 텐데." 그렇게 생각하니 용서를 왈가왈부하던 자신이 부끄러워집니다.

첫사랑과의 단어는 흰 도화지였습니다. 알록달록한 미래를 꿈꾸며 백지를 펼쳤다만, 우리가 색을 입히기도 전 애인은 흑백이 되었습니다. 영정 앞에 서니 삶을 수 차례 포기하려던 자신이 부끄러워졌습니다.

사랑의 단어란 건 참으로 어렵습니다. 전해 내려오기도
하고 건네받기도 하던데, 배울 길이 없다 보니 자꾸 부
정 앞에 무너집니다. 호의를 의심하고 온정을 터부시하
기 바빴습니다. 잘못된 걸 알면서도 매번 몸속에 흐르는
피를 탓하며 세상을 손가락질하곤 했습니다. 몇 자 끄적
이며 소심하게 후회를 두는 짓, 너저분해진 첫사랑과의
과거를 기웃거리는 일도 이제는 그만하렵니다. 소년의
단어는 그 누구에게도 사랑으로 다가가지는 못할 듯합
니다.

나태

어제 닦은 거울은
오늘도 더러웠습니다

모레 닦을 거울도
역시나 더러울 것입니다

그걸 알면서도 애꿎은 거울을 닦습니다

며칠째 500원짜리 싸구려 면도기에는
물 한 방울 묻어있지 않습니다

미안합니다. 염치없게도 살아있습니다.

시간과 함께 걷는 이유

*

시간과 함께 걷습니다.

매번 애석하게 사랑, 우정, 젊음을 앗아가는 걸 알면서
도 매번 간절하게 아픔, 상처, 슬픔까지 앗아가길 바랍
니다. 이렇게 걷다 보면 아마 당신을 용서할 날이 오겠
죠. 그래서 오늘도, 미운 시간과 함께 걷습니다.

청춘그림

*

흰 도화지로 태어나
검은 세상을 산다는 게
참 쉽지만은 않아

요즘

*

세상은 내가 낄 자리가 아니었고
나는 여전히 눈치 없이 버티고 있다

봄에 죽고 싶습니다

*

사랑하는 이가 떠난다는 것, 더 슬픈 건 떠난 후 나를 잊는다는 것. 어머니는 저를 기억하고 계실까요. 남아있다 해도 그 기억은 점점 더 희미해질 텐데. 우리 사이 정말 잊지 못할 하이라이트는 없었으니 저는 그대 생애에 조연처럼 스쳐 지나가겠죠.

"봄에 죽고 싶습니다"

봄에는 어머니의 생신이 있습니다. 그날이면 매번 고열을 앓습니다. 누군가 그녀를 축하해 줬으면 좋겠지만, 그 사람이 제가 아니라는 것에 못난 기침이 나옵니다. 이 감기가 더 깊게 물들었으면 좋겠습니다. 발끝부터 시작해 심장을 휘감았으면 좋겠습니다. 어느덧 마른 피를 쏟을 때, 그때가 봄이었으면 좋겠습니다. 기왕이면 어머니의 생신 언저리였으면 좋겠습니다. 그녀가 태어난 날 멀지 않은 곳에서 눈감고 싶습니다. 그렇게라도 지독하게 기억되고 싶습니다. 축복과 슬픔 사이 어린 소년의 가녀린 원망이 닿았으면 좋겠습니다. 짓궂게 말한다만, 소년은 아직 그녀를 기다릴지도 모르겠습니다.

그래도

봄에 죽고 싶습니다.

어깨

신길동 친구들은 어깨 같아서 서로에게 자주 기대고는 합니다. 어깨들은 어렴풋이 제 사정을 알지만 굳이 묻지는 않습니다. 어깨들은 높은 아파트에 살지만 한 번도 저를 무시하지 않았습니다. 한 번도 저의 흠 앞에서 기웃거리지 않았습니다. 그저 제가 잠들면 서로 글썽이는 이야기를 나누며 코 먹는 소리를 내다가 함께 이불을 덮을 뿐이었습니다.

생일이나 명절이 되면 홀로 있을 저를 떠올려 줍니다. 멋쩍게 작은 케이크를 사 오거나 부모님이 해주신 음식을 가져왔습니다. 그러고는 머쓱한 고마움이 재빨리 지나가도록 서로 욕을 한바탕하며 아무 일 없었단 듯이 넘어가고는 했습니다.

누군가에게 안겨보지도 기대보지도 못해 아직 그들의 어깨에 머리를 박고 눈물을 훔친 적은 없습니다만, 그럴 곳이 있다는 것만으로도 저는 앞으로 조금 더 살아낼지 모르겠습니다.

어깨들이 먼저 떠나지 않기를 바랍니다. 그들이 제 마지막을 지켜주기를 바랍니다. 못난 생명의 크나큰 욕심이라면 욕심이겠지만 그들에게는 이런 사소한 투정을 부리고 싶습니다.

너무 많은 죄를 지었습니다. 그들에게 옅게 붉은 흉터를 보인 일은 수십 개의 못을 가슴에 박은 것보다 더 큰 아픔을 준 것일 테지요. 그래도 그들은 점잖게 아무렇지 않은 듯한 표정으로 슬픔을 읽어줬습니다. 어렴풋이 고마움이 쌓입니다. 불현듯 더러운 세상으로부터 묻을 때를 닦아주고 싶다는 생각이 들었습니다. 그래요, 저는 이들 사이에서 문득 살고 싶어졌습니다.

짐승은 가죽을 남기고

*

짐승은 죽어서 가죽을 남긴다던데 그보다 못한 제 존재는 무엇을 남길 수 있을지 고민이 듭니다. 흉과 멍으로 얼룩진 차가운 동상을 세상에 내세우는 일은 참으로 민폐 같습니다.

그래서 글을 쓰기 시작했습니다. 배운 건 없지만 거북한 이야기를 서툴게 게워 내고 나면 생명의 일부를 남겨놓는 것 같았습니다. 기어코 긴 잠에 들면 마른 잉크 속에서 영원히 살아 숨 쉴 것 같았습니다.

저는 땅에 묻혀도 자양분이 될 수 없습니다. 바다에 흩뿌려져도 세상을 헤엄칠 수 없습니다. 그렇다고 함에 갇혀 볼품없는 몸태를 이승에 남기고 싶지도 않았습니다. 그저 남은 생명을 적어 내리다 사라지고 싶었습니다.

짐승이 가죽을 남기면 사람은 가죽을 덮고 추운 겨울을 지새웁니다. 제가 글을 남기면 누군가는 제 글을 즈려밟고 더 나은 삶을 살 것입니다. 꼭 그러기를 바랍니다.

괜찮아

*

찬바람 부는데
따듯하게 지내라

* 괜찮아 선생님

작은 걱정거리라도 눈앞에 마주하면 거대한 두려움으로
다가온다. 이 일상 속 사실에서 깨달을 수 있는 지혜는
반대로, 작은 관심과 사랑이 누군가에게 삶의 의지로 이
어질 수 있다는 것이다. 그렇게 글을 쓰기 시작했다. 이
이야기가 당신에게 기적으로 가닿기를 바라며. 은혜를
갚고 싶었다. 소년은 작은 쪽지 한 장 덕분에 여전히 살
아 숨 쉬고 있어서.

글쓴이

어릴 적 제 글은 사람들에게 온통 희망과 용기를 불어넣
곤 했습니다. 그때는 그게 좋았습니다. 마치 세상을 다
아는 듯하게 굴면서 거만하더라도 행복해 보이고 싶었
습니다. 몇 해가 지나 사람들은 저를 긍정적인 사람, 지
혜로운 사람 나아가 행복한 사람이라고 생각하기 시작
했습니다, 참으로 잘못된 일입니다. 아무도 들어주지 않
아도 외로운 이야기를 솔직히 게워 내던 젊은 날의 순수
는 사라지고 그저 기만뿐인 거짓됨으로 사랑을 갈구하
고 결국, 얻어냈습니다.

이후 저는 수년간 절필했습니다. 그동안의 글들을 모아
모두 불태웠습니다. 저자가 없는 글들은 퀴퀴한 매연이
되었고 결국 끝까지 공해로 남아 세상을 더럽혔습니다.

이제야 비로소 글쓴이에 석 자를 새긴다만, 제 심신은 더 남아있진 않을 듯합니다. 너무나도 지치고 피로한 나날을 보냈습니다. 봄에 피어나지 못한 꽃은 결국 뙤약볕에 익어버리거나, 싸늘한 바람에 시들기 마련입니다.

그래도 삶의 끝자락 순수한 종이에 검붉은 글을 남기며 떳떳하게 글쓴이로 죽는다는 생각은 꽤 나쁘지 않은 것 같습니다. 이 잔재를 어떻게 읽든 당신이 행복했으면 좋겠습니다.

손금

손금 보기를 좋아하지 않습니다. 솔직히 꽤 믿기 때문입니다. 손바닥을 들여다보면 수많은 줄기 속 엉켜 있는 운명이 괘씸해집니다. 한낱 손금이 대놓고 가리키는 앞날을 읽을 수 없는 자신에게도 화가 납니다. 읽진 못하지만 어림잡아 짐작은 할 수 있었습니다. 이렇게 얽히고 설키면 언젠가 세상에서 나가떨어진다는 것을.

생명선이 짧습니다. 때때로 이 가늘고 못생긴 선이 마음의 평안을 안겨주기도 합니다. 거센 풍파를 오래 버텨낼 필요가 없다고 읽히기 때문입니다. 그저 흘러가는 대로 아프고 스쳐 가는 대로 보내주는 게 미약한 저로서는 최선일 겁니다.

손금에 대한 잡념이 꼬리에 꼬리를 물다 보면 결국 끝에 가서 코끝이 찡해집니다. 제가 사랑하는 이들도 손바닥 속 갖가지 실타래 놀음에 엉켜 살다 먼지가 된다는 것이. 어느덧 우리는 고운 손을 항상 뒤집어 놓고 있었습니다. 서로의 끝을 알고 산다는 게 참으로 슬픈 일이라는 것을 나름 눈치챈 듯했습니다.

숲

바다로 태어나야 했다. 동이 트기도 전에 뭐 그리 대단
한 일이라고 사람들은 나를 꾸역꾸역 밟으며 머리 위에
서고자 했다.

해가 질 때까지 치이고 치이면 마음속 온갖 쓰레기들이
놀리듯 흩뿌려져 있었다. 달이 뜨면 탈 벗은 날짐승들이
새벽 내내 피를 토하며 불안한 고함으로 잠을 괴롭혔다.

그렇게 밤새 시달려도 그런 하루는 매번 눈치 없이 찾아
왔다. 그렇게 계절을 보내다 보니 주름같이 희망이 갈라
졌다. 그렇게 수년을 보내다 보니 각질처럼 사랑이 말라
갔다.

결국, 그렇게 숲은 죽었다

아니, 그들은 숲을 죽였다

텅

심장이 멎는 듯 죄다 깼다. 오늘도 나의 하루는 너를 빼
앗기며 시작했다. 가장 상처 준 이들의 품에 안긴 네가
가장 행복하게 웃는, 그런 악몽을 꿨다. 일어나서도 허
상을 부여잡으며 오래도록 베개를 부둥켜안고 울었다.
가슴이 쑤셨지만 일말의 너의 모습마저 느끼고 싶었다.
흥건한 몸을 무겁게 일으키며 현실로 돌아가는 길, 악몽
을 털고 하루를 시작하기 위해 문을 열었다, 그곳에서도
너는 여전히 텅 비어있었다.

청록색 옥상의 윤슬

*

인정하긴 싫지만 난 아플 때 가장 아름다웠다. 그땐 노란 별빛 사이 꿈을 꾸며 푸른 밤을 지새웠고 붉은 태양이 잠에서 깨는 모습을 바라봐주고는 했다. 무궁히 뛰는 심장을 부여잡고 청록색 옥상에서 윤슬을 적어 내렸다. 두려울 게 없었던 때, 돌아가고 싶은 곳마저 없었던 시절, 가장 어여쁜 나의 젊은 날. 흘린 눈물마저 반짝이던 시간들. 별 하나와 두어 번의 그리운 밤.

너무 아픈 나날은 때로는 추억으로 돌아온다.

배다르다

동생이 있었다는 사실을 녀석이 죽고 난 다음에 듣는다면 어떤 기분일까. 상상해 보지 않은 일을 마주했을 때 소년은 어떤 기분도 들지 않았다. 그저 어떤 감정도 생기지 않는 것에 대해 죄책감을 느꼈다.

알았어도 무엇도 해줄 수 없었겠지만, 얼굴이라도 익었다면 가슴 한편에 작지만, 따듯한 방을 마련해 두었을 텐데. 우리는 대략 열아홉을 살고 성년이 된다. 그 숫자가 무엇을 의미하는지는 모르겠다만, 적어도 어른이 되기에 부족함이 많다는 것쯤은 다들 눈치챈다.

작별 인사를 할 줄 모를 때 많은 이들이 떠났다. 아픔을 안아주지 못할 때 네가 아팠다. 사랑받아야 할 때 사랑받지 못했었다. 우리는 그런저런 결핍들을 곱게 빚어 어른이 돼야만 한다. 그렇게 만들어진 어설픈 그릇에 다시 수많은 고통을 담아내야 한다. 어느 무렵 포기하는 것이 현명하다고 느낄 때도 있을 테다.

익숙하게 떠날 준비를 했던 날이 떠오른다. 열아홉 겨울이었다. 이쯤 되면 내가 가장 잘하는 것이 사라질 준비일 터. 그게 이 세상에서는 죄악이라니 참 슬픈 일이었다. 떠날 날짜를 정해두고 그때까지 살 이유를 찾곤 했지만, 소년은 이미 그 어느 곳에서도 반기지 않는 세상의 이방인이었다.

"수고했어, 다음에는, 피어나자."
- 2015.12.12. 곰팡이 핀 골방에서

짤막한 소년의 유서는 유서가 되지 못했다만, 수년째 유효하다. 그렇게 소년은 몇 년 더 배회하며 누군가의 배다른 아이가 되어 세상을 살아내야만 했다.

"거두어 주셔서 감사합니다."

공

*

운동장과 공 하나면 행복했는데,

이젠 통장 속 공 하나에 시련을 겪는 게.

2장

검붉은 손목이 말했다

어른은 아이에게 위로받는다

*

외로운 감정이 들 때면, 차가운 아픔을 긋다가, 붉게 물든 소매를 푼다. 괴로운 마음에 낯선 담배를, 물고 애써 불을 붙인다. 눈앞에 아른거리는 거리를 걷는다, 그 끝에서 어릴 적 나를 마주한다, 검붉은 멍들 사이로 얼룩진 작은 아이가 웃는다.

"미안해, 위로받기 싫어, 안아주지 말아줘"
"왜 내게 살라고 해, 더 아픈 건 넌데"
"떠나려는 찰나에 꼭, 나타나서 웃지 마, 또"
*

"알아줘서 고마워"

관계자 외 출입금지

사람들은 저마다 가지각색의 고민을 안고 산다 그리고 오늘도 나의 심란한 표정은 시끄러운 세상을 대변한다.

우울하게 젖은 얼굴에 진정성 없는 위로가 던져졌다 "무슨 일 있어?" 그때마다 길 잃은 이야기가 갈 곳 잃은 채 서성거렸다. 나의 문제가 무엇인지 또 어떻게 표현해야 할지 그 무엇도 정리가 되지 않았었다.

굳이 비유하자면 어지러운 공사장, 휘날리는 먼지, 빗발치는 소음, 형태를 알아보기 힘든 허름한 건물쯤 아닐까 마음속 굉음을 막기 위해 방음벽을 쳤다. 감정을 추스르기 위해 대차게 문을 닫고 걸어놓았다.

* 관계자 외 출입금지

단순한 호기심 오지랖으로 내 심정에 발을 디디지 말아
줬으면 난 여전히 날 고치는 중이라 우린 서로에게 위험
하니까 방해만 될 테니까

어른

*

우린 어쩌면 점점 작아지나 봐
어릴 적 빼곡히 꽂아둔 꿈들이
이제 닿지 않으니

밤잠

*

매번 우울한 새벽은

어둠을 전부 삼켜야만

작게나마 악몽을 허락했다

소년소녀가장

*

고된 하루의 끝 삐걱거리는 심야버스 안 달콤한 꿈을 꿨어. "평범한 가정, 평범한 아이."

집으로 돌아가는 길 힘없는 걸음걸이가 강물로 도망치고 싶다 빌었어. 난간에 적힌 '밥은 먹었냐'라는 글귀 따위 위로가 되지 않고 돌아온 현관 앞엔 수북이 쌓인 고지서가 마중 나왔다.

문을 여니 나를 아빠라 부르는 할머니의 밥투정과 검붉은 동생의 손목이….

어른이 되면 나아질 줄 알았는데, 눈물뿐인 하루들이 끊임없이 수놓아지네. 반복되는 현실에 상처는 아물 새가 없다.

아무리 발버둥 쳐도 난 작은 아이인데, 여전히 양복과
구두가 맞지 않는 어린아이인데.

아아….

- 한 소년소녀가장과의 마지막 통화 中

틈새

어릴 적에는 굳게 닫힌 문틈 사이로
소중하게 새어 나오는 빛을 바라보며

"저 너머에 가득 희망이 있다고"
"저 너머에 갖은 소망이 있다고"
굳게 그 여지를 믿어버렸다

다 큰 몸집은 굳게 닫힌 문틈 사이로
하찮게도 새어 나오는 빛을 노려보며

"비좁고 바쁜 하루 같아서"
"비좁고 아픈 현실 같아서"
굳게 그 틈마저 메워버렸다

앵벌이

비슷한 또래 동네 애들과 달리 저는 앵벌이를 하지 않았습니다. 배고픔이 딱히 나쁘지 않았거든요. 말라가는 몸을 보면 서서히 사라지는 느낌이 들었습니다.

"어쩌다 보니, 살아냈습니다"

수염이 거뭇해진 요즘 오묘하지만 이제야 앵벌이를 시작했습니다. 여인에게 사랑을 애원하고 풋내기 도련님께 재물을 빌리고 볼품없는 몇 글자로 동정을 구걸하며 지냅니다. 이런 삶이 꽤 나쁘지만은 않습니다.

평생 이럴 테지만요.

아픔에 관하여

*

아픔은 늙지 않는다

허름한 주름이 생기지도
세월의 소회를 느끼지도

단지, 더욱 생기를 얻을 뿐이다
단지, 더욱 강하게 뻗을 뿐이다

아픔은 늙지 않는다
상처는 죽지 않는다

그렇게 짧은 손금이 허락한 시간은 점점 가까워졌다

물구나무서기

*

어쩌면 모든 게 제 탓이었어요.
세상의 달콤한 말대로 행복은 가까이 있는데

"네가 부정적인 거야, 네가 쓸데없이 예민한 거야"

그런가 봐요. 그렇지 않으면 이럴 수 없으니까

불행을 찾아나서나 봐요
불행에 중독되었나 봐요

매일이 아픈데 그래서 내일이 두려운데 지나가는 이들
의 웃음소리가 너무나도 따가운데 제가 삐뚤어진 게 아
니라면 세상이 가시 같은 거겠죠

물구나무서기라도 해보려고요

내려앉은 입꼬리라도 웃어 보이려고

화색

*

너는 내게 사랑이었다
나는 네게 불행이었다

너의 꽃의 색, 나의 불의 색
우린 서로의 사랑을
달리 화색이라 불러

짝사랑

그녀는 시대와 어울리지 않게 손 편지를 좋아했습니다.
여전히 아픈 날이지만 연거푸 얼어붙은 손으로 따듯한
소식을 보냅니다.

못된 습관을 고치지 않아도 고된 마음을 보이지 않아도
편지 위 가녀린 글자들이 드센 모습을 가려줍니다.

이따금 용기 내 마음을 표현할 때쯤 점차 긴 연필을 깎
을 일이 없어졌습니다. 어느덧 책상엔 먼지가 쌓이고 우
편함을 들여다볼 일조차 없어졌습니다.

그래요

그대는 아름다웠고, 다른 여인들처럼 가혹했습니다.

스물 어느날

*

심장이 터질 것 같습니다.

가슴 벅차오르는 일이라면 좋았을 테지만 제 마음속 가
득 낀 먼지는 들어오는 행복마저 탁하게 곱씹습니다.

며칠째 빌어먹을 악몽에서 지아비와 재회했습니다. 그
렇게 꿈속에서조차 어린아이를 지키지 못했습니다.

어릴 적 새겨진 심장 부근 흉터가 온종일 쑤셔 옵니다
사랑하는 이들이 혹여나 슬플까 표정을 숨긴 하루였습
니다.

과하게 약에 의존한 밤입니다. 취해 눈이 감기면 또 같은 꿈을 꿀 테지요. 쌓여버린 독, 오늘 새벽은 길지만 얼마 안 가 끝이 있을 것 같습니다.

미안해요, 위로가 되지 못해서
미안해요, 기도를 배신해 버려서

젊음보다 먼저 끝난다는 건

*

지금껏 많은 하늘이 저를 도왔지만, 오늘 밤만큼은 외면
할 듯합니다. 저녁쯤 몰려오는 졸음이 반갑지 않습니다.
선홍빛 악몽은 항상 검붉은 몇 개의 줄을 새기며 마무
리되고는 합니다. 하늘이 이르게 외면한 친구 놈은 스물
이 되던 해 별이 되었습니다. 오늘따라 밤하늘이 까마득
합니다. 긴 여정을 떠나면 친구 놈을 만날 수 있을 것 같
습니다. 그래도 다행입니다. 젊음보다 먼저 끝난다는 건
가장 아름다운 시기로 기억되는 것이기에

소설

*

"네 어머니, 웬일로 전화하셨어요."

"네 바빠요."

"네 밥 먹었어요."

"네, 네, 끊을게요."

사계

*

사계절의
다른 말은
떠나가 버릴 벗

노새

어머니와 지아비는 종이 달랐습니다. 그래서 저는 노새
로 태어났습니다. 노새는 태생적으로 부모가 될 수 없습
니다. 마침 부모가 되는 게 두렵던 참이었습니다.

보지 못하는 내면 곳곳에 지아비의 흔적이 남아있을 겁
니다. 화가 나면 말보다 손이 먼저 올라갈 겁니다. 절명
의 상황에서 살기 위해 가족을 궁지로 몰아붙일 겁니다.
결국 외롭게 노쇠하다 죽고 말 것입니다

노새는 단 한 마리로 족합니다. 그래서 신은 노새가 번
식할 수 없도록 나름의 배려를 했나 봅니다 사무치게 외
로운 밤이면 노새로 스스로를 위로했습니다.

지나간다는 말

*

그대는 아직 지나가지 않았나 봅니다 지나고 보면 다 추억이라는데 끝에선 비로소 웃는다는데 그대는 여전히 제 일상 속 아름아름 베 있고 고약한 새벽 잡히지 않는 상상을 도배하고는 합니다. 그대 내 곁에 머물고 있지 않은데 어찌 지나가지 않는 겁니까 사소한 희망을 품으며 불씨를 살려두는 이유가 무엇입니까 그래도 오늘 꿈에 나와주어서 고맙습니다 그렇습니다 제게는 헷갈리게 하는 것도 사랑입니다.

3월 31일

*

나는 여태 피어날 준비가 안 됐는데 다들 꽃이 피었고
웅크리기만 한 너도 결국 나비가 됐네 세상은 여전히 눈
길조차 주지 않고 사랑은 항상 새로운 아름다움을 찾아
떠나네 외로운 계절이 다시금 찾아오네

타인은 지옥이었다

*

"뭐가 제일 힘들어요?"

고요한 난간에 들어서자 행복한 타인이 물었다.
오늘도 굳게 닫힌 입은 그 기만에 대답하지 못했다.
그저 붉게 물든 소매를 애써 가릴 뿐.

"오늘 하루는 어땠어요?"
"지나가는 바람이에요"
"사소한 거더라고요"

치밀었다,

"가장 행복한 순간은 아직 오지 않았어요"

*

강물은 잠깐 요동치고 다시 고요해졌다.

그날 하루도, 내일도, 세상은 변하지 않았다.

노숙자

전철역 썩은 내 주범 떡 진 머리때가 가득한 손톱 역겨
운 노숙자 머리에 나비가 앉았다가 그는 가만히 적막을
지켰다. 나비는 한껏 휴식을 취하다 다시 아름답게 날아
갔다.

따듯한 물로 아무리 몸을 닦아도 마음속 추악한 증오를
씻어내리지 못했다 자유로운 벌레를 손에 꽉 쥐고 고약
한 우월감을 느꼈다 피나는 노력으로 성공한 이들을 오
염된 말로 폄훼했다 그렇게 묻은 증오에 그 누구도 나를
안아주지 않았다.

정녕 누가 세상의 노숙자인가

변명

*

고된 하루보다 못된 하루가 더 지쳤다
악한 이들보다 약한 이들이 더 아팠다

도태

아이들은 세상의 이방인이라는 말 모든 게 새롭지 않은
난 이제껏 순수함만 잃은 고결한 하루의 비겁한 외지인
이었다.

관계

*

다들 시간이 헛되지 않았나 봐, 어릴 적엔 다들 비슷비
슷했던 우리가, 각자의 색 각자의 향이 짙어지는데 왜
슬플까.

피어날수록 계속 갈라지는걸, 각자의 길이라며 믿으라
는 걸, 귀를 막고 여전히 홀로 추억을 지키고 있잖아. 가
끔 그리울 때 찾아올 걸 아니까.

뭉치면 살고 흩어지면 죽던 우리가, 어쩌다 서로를 기피
하는 세상이 됐을까, 어쩌다 불의가 정의보다 따듯한 의
리로 포장된 세상이 왔을까.

매번

*

잃어버린 것들과
잃어버릴 것들이
아득하지만 두려워

쓰레기통

내 곁에 머물기가 힘들단 거 알아 나도 나 자신이 지치
고 버거운 걸 쌓여만 가는데 비우기는 귀찮은 쓰레기통
같은 놈이란 걸 알아 쌓여가는 쓰레기를 대면할수록 우
리의 이별이 가까워지는 게 느껴져 사실 알아 네 곁에
오래 머물 수 없는 더러운 놈이라는 걸

네가 필요할 때만이라도 찾아주겠니 가끔이라도 좋으니
제자리에서 기다릴게 마치 쓰레기통처럼

다음 어머니에게 쓰는 편지

*

참 어렵네요 눈물을 참는 건
참 아프네요 차가운 세상은
그대도 외롭고 힘들겠죠
내가 사랑하는 만큼

새벽녘 별들 벗 삼아 그대를 생각해요
아침에 눈을 떴을 때 그때 꼭 안아줄게요

그대 마음을 채워주지 못해서 미안해요
사랑해요 한 마디가 어려워서 미안해요

해바라기

*

해바라기를 보면 항상 슬펐습니다. 늘 같은 곳을 바라보는데 여인은 돌아올 생각이 없어 보입니다. 뙤약볕을 힘겹게 쬐면서도 오로지 한 곳만을 바라봅니다. 드센 비가 내리는 날에도 고개를 치켜세워 바라보기만 할 뿐입니다.

날이 선선해지면 어김없이 여인과 걷고 싶은 날이 찾아옵니다. 해바라기는 그쯤이면 지쳐 시들어버리겠죠. 그 채로 추운 나날까지 그녀를 걱정하다가 오랜 잠을 청하겠죠

참 외로운 사계입니다.

편지: 어여쁜 아이에게

*

오랜만에 만나서 반가웠어.

애써 표정을 숨기며 웃지만, 아직 아물지 않은 입술이.
입고 나온 옷이 잘 어울리지만 가리지 못한 멍 자국이.
초침도 맞지 않는 푸르른 시계로 가린 손목 아래 검붉은
선이.

그렇게 숨기고 숨겨도 너의 뒤에는 너무나 큰 아픔이 있
구나. 시간이 지나도 어른이 되어도 여전히 다 가리지
못할 상처가 있구나. 그래도 오늘 마주한 눈망울에는 여
전히 순수가 묻어있더구나.

미안해 자주 보지 못해서.

아직 마주하면 울음이 날 것 같아서.

- 거울 앞

오늘도 안아주지 못했네

*

사실 난 좀 아파서 쉽게 멀리 도망치곤 해, 그게 왜
이런 나를 알아서 여태 안아주지 못했네, 대체 왜

봄비가 내릴 쯤에 피지 못한 그녀는 떠났네
어린 난 태어나고 그대는 돌아오지 않았네

골목길 홀로 놓인 가로등이 위로를 건네네
불도 켜지지 않은 게, 마치 그녀 그대 마음 같아서

그 누구도 사랑하기 싫었네
오늘도 날 안아주지 못했네

마천루

*

화려한 철교 너머 깡촌
반딧불이를 그윽히 바라본다

무쇠 다리 건너에는
꿈이 있으랴 연이 있으랴 밥이 있으랴
나는 마른 기대를 부풀리지 않는다
나는 참된 희망을 목도하지 않는다

어둑해진 하늘 흩날리는 반딧불이는
수십 년을 달린 오래된 가장처럼
두 아이를 짊어진 무고한 과부처럼
못할 말을 빌려,
빛나고 빛났다

아아-

젊음아 따라가지 마오

내 청춘은 그렇게 빛나고는 싶지 않아서

내 고향 서울

*

내 고향 서울은 여전히 아프다 승이 말하길 깨달음은 자각이라고 한다. 고층빌딩 꼭대기에 꿈을 매달아 놓은 서울 아이는 조금 어른이 되었고 더는 높은 곳에 무언가 있지 않다는 걸 깨우쳤다 그저 더 높은 꼭대기가 무한히 기다린다는 걸 깨달았다.

대교를 넘어 풀이 무성한 논밭 언저리 중턱에서 신기루 같은 서울을 바라봤다. 그곳에는 '악'이 붙은 연이 '가'가 붙은 식이 여전히 숨 쉬고 있다 내가 사는 성수 옥탑방 아래층 아저씨는 성실한 가장이었고 끝으로 육개장 한 그릇을 대접받았다.

초라한 빈소에는 두 아이를 짊어진 무고한 과부와 멋모르고 고층에 꿈을 매단 아이들이 해맑게 뛰놀았다. 그들은 빛났지만 도심 속 개미집 같은 마천루보다는 탁했다. 어느덧 나도 빌딩숲 화려한 빛을 따라가는 서울 사람이 됐으니, 앞으로 나의 청춘도 서서히 빛바랠 테다 내 고향 서울은 그렇게 아프다.

금빛 배지

날개뼈를 한껏 폈다가도 곧바로 움츠린다. 볼품없이 요동치다가도 불의 앞에서 곤히 숨는다. 나의 젊음은 치졸함의 연속이었다 다 줄 것처럼 사랑하고 쉽게 상처받자 도망쳤다. 정의에 목매다가도 이익이 되면 간사하게 편승했다 올봄에도 이 미련한 등 짝 날갯죽지에는 어떤 희망도 피어나지 않으리 만약 무언가 싹 튼다면 더는 저 여의도만 한 매립지 파수꾼들과는 달라질 자신이 없다.

어떤 날의 심정

괴로운 나날의 반복이다. 사랑을 노래하고 싶지만, 마음
은 금세 그녀의 눈망울을 떠나 고약한 쾌락을 기웃거렸
다 나아지지 않은 하루의 반복만치 벼랑 끝으로 달리는
열차 같다 뛰어내리고 싶지만 걷잡을 수 없이 속력을 낸
다. 이래저래 부서지는 건 매한가지니, 술과 약을 섞어
마셨다 취기에 어린아이가 아른거린다. 누굴까 한참을
응시하다 다리를 부여잡고 철차 소리보다 크게 울었다
그 아이는 소싯적 밀어버린 순수였고 나약함과 바꾼 용
기였다.

그래도 아이는 내가 낙하하지 않기를 바라는 듯했다.

아픈 시대

참으로 아픈 시대다 사랑하기 전 이별을 염두하고 도전하기 전 실패를 대비한다. 나 또한 고독을 곱씹지 않으면 그 무엇도 쓰질 못한다 시대를 관통하는 글은 때론 예리했을지 몰라도 문밖을 나서면 변하지 않는 현실과 부딪힌다 이 못난 나체엔 수많은 가시가 박혀 있다 그래서일까 점점 누군가를 안아주기가 겁난다. 고독하던 친구의 부고를 들었다 다시 육개장을 게걸스럽게 먹었다 그래 나는 벗을 잃은 슬픔보다 한 끼 배부름과 함께 나간 종잣돈이 더 아까웠다 우린 그렇게 어른이 되었다 그렇게 증오하던 이들과 같아졌다 그렇게 가슴 속 아이는 사라졌다 어쩌면 괴로움에 술 없이 못 살던 지아비는 꽤 양심 있는 사람이었을지도 모르겠다.

부러진 연필

흉이 빼곡한 너의 가슴에 조금이나마 가닿고자 작은 위
로를 새겼다. 한 아름 끄적였지만 괴로움이 사무쳤다.
우리 시대는 함뿍 온기를 담아도 그저 서리만 낄 뿐이니
까. 가득 낀 차가움에 이웃의 고독을 보지 못했다. 되려
나의 행복은 너의 불행을 낳고 너의 불행은 엉성히 자라
자신을 혐오하게 했다. 가진 것을 나누지 않는 세상은
서로를 비교하도록 떠밀었다. 부쩍 글을 쓰는 게 괴로운
일이 됐다. 총알보다 강하다는 연필 한 자루는 너무나도
쉽게 부러지곤 했다. 으스러진 자루에선 오늘도 포기하
자는 흑심이 흘러내렸다.

이방인

너의 세계에 전부였던 난 결국 이방인이 되어버렸다 따스한 봄의 미소는 냉소적인 겨울을 맞이했고 뜨겁던 한여름의 열기는 서서히 익다 낙엽처럼 부스러졌다 너의 사계에서 사라진 난 한겨울에도 헐벗은 채, 마치 봄인 듯이 온몸으로 그리움을 표현했다 너에게 배운다. 사랑을 너로 인해 채웠다 내 마음을 매년 가뭄을 한여름에도 마음이 시려웠다.

계절이 사라지는 건 비단 현실뿐만이 아니었다.

나의 젊음에게

*

세상의 끝에 뭐가 있는지
사람에 끝에 뭐가 있는지
몰라도 내게 사랑을 주오

젊음에 끝에 뭐가 있는지
몰라도 내게 용기를 주오

꽃이 필 무렵에

*

오랜 시간 동안 묻혀 있던 것들
아픔, 상처에 짓밟힌 청춘과
우울, 불안에 움츠린 젊음아

몇 번의 계절이 지나가고
몇 차례 마음이 아물 때쯤
너는, 너는 씨앗이라는 걸 깨달았다

세상 따가운 것들에 묻혀도
조금씩, 서서히, 아름답게,
가시 하나 없는, 우연히 사랑받는,
차가운 일상 속 따뜻한 꽃이 될 거란 걸

사람, 사랑

*

사랑은 사람을 바꾸지만
사람은 사랑을 바꾸지 못하더라

낙하

낙하하자. 생애는 지옥에 가까웠고 일말의 행복과 잡을
수 없는 희망으로 가득했다. 오래 버텼다. 이젠 도저히
비대해지는 꿈과 욕심을 안고서 날아다닐 수가 없다.

하늘을 나는 법을 배우지 못한 것 치고는 꽤 멀리 왔다.
세상 모든 것이 결국 가루나 연기가 되지 않는가. 내게
중요한 건 얼마나 오랜 시간 날았는지가 아닌, 멈추고
싶을 때 멈출 수 있는 용기다.

멋진 새벽을 지나왔고 아름다운 이들을 만났다가 몇 차
례 영영 떠나보냈으며 서너 개의 꿈을 이루고 기록했다.
손바닥의 생명선이 길다 해도 점차 눈이 보이지 않아 이
마저도 흐릿할 테다.

세상과는 꽤 부딪혀 봤다. 그래도 일절 변하지 않더라. 오히려 더욱 견고해진 듯하다. 근래 세상은 온통 환자투성이다. 다들 아픔을 나눠 가질 마음의 공간이 없다. 삭막하다.

어쩌면 지금이 가장 아름다운 시기겠다. 나의 시대정신은 해방이었다. 선인들은 자유를 위해 생애를 바쳤고, 우리는 편의를 위해 자유를 가뒀다. 아직 돌이킬 수 있다 믿고 싶지만, 나조차 스스로를 많은 고통으로부터 해방하지 못했다.

이제 나를 날게 해준 것들을 내려놓고 낙하하고자 부푼 꿈과 붕 뜬 희망을 터트렸다.

누군가 자신의 생애가 끝자락에 왔다고 생각이 들 때면 바닥을 내려봤으면 한다. 그곳에 낙하한 나의 흔적이 조금 더 가보라는 용기를 줬으면 한다.

검은 정장보다 몇몇 선물해 줬던 옷들을 입고 왔으면 좋
겠다. 이제는 그뿐이다.

- 스물일곱 무렵

3장

아픔이 추억이 될 때쯤에

집

집이 되어줄게. 세상 무서운 바람이 불어와도 온몸으로
부둥켜 안아줄게. 거친 비와 뜨거운 눈총이 내리쬐도 늘
제자리에 서 있을게. 그냥 이대로 내 마음속에서 편히
있어 줘, 그저 이대로 함께 영겁의 시간을 보내 줘, 주름
마저 우리 이야기가 새겨질 때까지.

소나기 같아서

*

우리 사랑은 소나기 같아서
스며들다가도, 말라버렸네요

우리 사랑은 소나기 같아서
애매하게 내리다 또, 사랑하지 못했네요

소년이 접한 세상

수천 번의 바코드를 찍어도 맞추지 못한 정답, 어느새 젊음의 절반이 흘러간 듯합니다.

멀끔한 또래 다른 놈들은 오늘도 보란 듯이 바닥에 영수증을 흘립니다. 버린 종이를 뱁새눈으로 흘깃거렸습니다. 까마득히 저의 3시간이 적혀 있습니다.

이웃집 소녀는 어느덧 여인의 티가 났습니다. 그녀는 항상 멀끔했지만 수더분한 제게도 미소를 베풀었습니다.

소녀는 오늘따라 슬픈 여인의 티가 납니다. 이상할 것 없이 그녀의 동생들은 그날부터 굶지 않았고 그렇게 봄날이 지난 듯 꽃잎은 떨어졌습니다.

삼촌뻘의 어른들이 꺾은 계절,
세상은 그걸 성숙이라 불렀습니다.

"청춘아 세상을 탓하지 마라."

그렇게 배워 사라진 그녀의 이야기가
영원히 잠들기를

가시가 된 이유

*

그대는
세상에 밟히는 게 아팠던 거예요
그래서 따가운 가시를 흉내 낸 거예요

그러니
어여쁜 자신을 탓하지 말아주세요
그 자체로 아름답다는 말을 믿어주세요

겨울앓이

저는 고달픈 겨울을 위로라 불렀습니다.

숨을 곳 없는 세상. 모두가 헐벗고 떨어도 서로 살을 맞
대면 온기가 되는. 한숨을 쉬어도 김을 보며 살아있다는
걸 느끼는.

어쩌면 겨울은,
세상 가장 따듯한 계절일지도 모르겠습니다.

태엽시계

*

내가 시간을 쓰는 건지
시간이 나를 쓰는 건지
자기 자신을 잃어버린 걸까

자유로운 나라의 자유로운 사람들
동화처럼 느껴지는 이유는 뭘까

시계 태엽을 멈췄다
잠시 머뭇거리다가
다시 태엽을 멈췄다.

외로움은 사소함 안에

*

스마트폰 알림 "오늘 날씨 맑음"

해가 지고 나서 세상과의 시차를 확인했다. 그 누구도
깨워주지 않던 날. "사람들과 거리를 뒀다.", 라는 말로
자신을 토닥였다.

골목길 수놓아진 가로등이 말벗이 돼도 그 누구도 관심
을 주지 않는다. 회색 구름이 달빛을 가려도 거리 위 사
람들의 표정은 밝기만 하다.

세상의 모든 눈물이 내게 쏟아지는 것 같은데,
어렴풋이도 닦이지 않았다.

유서를 그을리며

수없이 글을 읽었지만 내 마음속 가장 아름다운 글은 '유서'이다. 순수한 날 것의 감정과 신중하면서도 초연한 문장. 사랑한다는 말이 진심이 아니라고 부정할 수 없는 그런 글귀들.

오늘 수년째 지니고 다니던 유서를 그을렸다. 천천히 타 들어 가는 억눌린 이야기가 보였다. 아이가 쓴 유서는 증오와 저주가 가득했기에, 꼴에 몇 년 더 산 소년에 눈 에는 유서로서 받아들이기에 어려웠다. 그날 이후 유서 를 쓴 일은 없었다. 어쩌면 아직 사랑한다고 말할 수 있 는 이가 없어서일지도 모르겠다.

그대는 아픈 시간의 희망이었다

*

그대는 아픈 시간의 희망이었다.

고열의 밤을 보내는 날이면 그녀는 곁에서 젖은 수건을 얹어주곤 했다. 고약한 지병이 미열이 되면 새근새근 옆에서 잠든 그녀를 어루만질 수 있었다. 아픈 시간은 그렇게나마 따듯했었다.

그리고 기쁜 시간은 절망이 됐다.

고된 병마를 이겨내고 기운을 차린 혈기는 다른 향을 탐했고 쾌락의 이야기 속에 그녀와의 이야기는 없었다. 그렇게 그녀는 떠났고 미련한 소년은 그제야 후회를 곱씹었다. 고열의 밤이 적당히 식어도 습진 잡힌 그녀의 손

을 잡을 염치는 더 이상 없었다. 앙상한 팔을 베고 꿈을
꾸는 젊음도 없었다. 쾌락의 시간을 찾아 화려한 거리를
배회해도 딱 채울 수 없는 빈자리만큼 절망이 찾아왔다.

그래도 그대는 아픈 시간의 희망이었다.

주름지지 못한 곳

*

어느덧 어머니의 나이가 되었네
어느새 아버지는 깊은 잠에 드네
언제부터인가 아픔마저 그리워지네

오늘도 사람에게 상처를 받고
오늘도 사랑에게 위로를 받고
주름지지 못한 곳이었네

그대는 아침이 되어

*

저는 슬픔에 잠겨 눈을 감을 거예요
그리고 그렇게 밤이 되어 죽을 거예요

매일 당신의 아픔을 안아주며
매일 당신의 상처를 숨겨주며

그리고 그렇게

당신은 기나긴 나를 지나 찬란한 아침이 되어주세요 당
신은 내가 돌아오지 않는 영원한 석양이 되어주세요그
렇게라도 평생 나를 잊지 말아주세요

점점

오랫동안
검붉은 손목을 긋고 살았다

이제서야
푸릇한 시처럼 죽고 싶었다

평범한 하루

시간은 무겁게만 흘러갔고 나는 날카로운 초침의 시선을 외면하기 바빴다. 악몽이 헤집은 아침을 게워 내지 못한 채 다시 굴속으로 들어갔다. 선잠은 뜬구름을 잡느니만 못했다. 누군가는 한 번의 기지개로 하루를 살아갈 동력을 얻지만, 골 아픈 내 생애는 짊어진 과거를 힘겹게 들어야만 조금이나마 살아낼 여력을 얻었다. 그렇게 무의미한 노동과 생체적인 허기를 달래야 서먹한 태양이 어둠을 허락했다. 무수한 이들과 뒤섞이며 묻은 긍정의 먼지를 털어내고 이불 속 우울을 삼키며 죽을 용기를 담았다. 오늘도 얇은 생각의 깊이는 내가 얼마나 겁쟁이인지 말해줄 뿐이었다.

4번째 시도 중 깨달은 것

*

미약한 생명임을 알았다면

더 밝게 살았으리
더 높게 날았으리
더 크게 춤췄으리

- 진심으로 사랑했으리

스쳐 간 모든 인연에게

*

만남과 이별은 늘 함께이니 떠나간 그대들을 원망하지 않
기로, 그저 그 순간 함께였던 멋진 추억들만 기억하기로

봄날

봄바람마저 외면한 하루에
나지막이 불어온 그대가
사계절이 잘못했다면서
피지 못한 나를 사랑해 주네

그냥, 그날, 그 하루

*

적막 속 새근새근 숨소리
살짝 잠긴 어여쁜 목소리
몽롱하게 속삭이는 말들

그냥, 그날, 그 하루.

소년은 불행 속 살며시 찾아온 하루에 영원히 사랑하고
영원히 지켜주기로, 그리운 밤은 보내고 소녀와의 아침
을 평생 맞이하기로, 그녀는 나의 연명이자 덮어둔 손금
이었다.

사랑시: 보름에게

*

때로는 아침이 밝지 않는 날도 있죠
가끔은 시간이 멈춘 긴 밤이 와요
그런 하루가 쏟아지는 글썽이는 새벽
그 새벽을 지켜주는 나의 보름달에게

"사랑스러운 달이 뜨면 온 세상이 그대를 바라봐, 가슴
아픈 이야기도 그대를 가리지 못할 거야, 난 매일 밤 그
대라는 소원 아래, 잠에 드는 꿈을 꿀래."

미안해.

눈사람

사계절 중 딱 한 번 돌아오는 날
믿었던 첫 눈이 내렸어
볼품없던 날 꽉 안아주며 웃던
미소에 꽤 녹아 내렸어

어른의 꿈

*

꿈은 연과 같아서
바람에 끊어지기도
갈피를 잃어버리기도

영영 못 만날 정도로
날아가 버리기도

살아내다

쓰레기장에서 핀 꽃이 더 강하다는 말
구겨진 종이가 더 멀리 날아간다는 말

우리는 그 말을 곱씹으며 슬프게 강해졌다
우리는 그 말을 되새기며 아프게 살아냈다

모 (母)

당신은 여전히 젊고 아름다우시네요. 우린 서로 과거의
기억 속 그대로 멈춰있으니까, 어쩌면 그게 마지막 남을
모습이니까.

친구들의 반찬 투정이 부러울 때 용돈이 적다는 불평에
한없이 외로울 때 당신을 찾아 헤매요. '언젠간'이라는 말
이 사치라는 걸 알면서도 보고 싶네요. 또 보고 싶네요.

피어난 건 결핍뿐이었으나

*

갖가지 아픔과 상처는 젊음을 결핍의 온상으로 물들였다. 낮과 밤의 안온한 사랑에도 어릴 적 싹튼 흉 진 씨는 온전한 꽃으로 자라나지 못했다.

다들 꽃, 나비, 계절 같은 것들을 사랑하기 바빴다. 갑작스레 따듯해지는 계절이 기쁘지 않은 소년은 홀로 겨울을 그리워했다. 봄은 외롭고 여름은 가혹했으며 가을은 부스러졌다. 그저 모두가 시린 그 겨울만이 외로움으로부터 나를 지켜줄 뿐이었다.

예상보다 험난한 세상은 벌어진 흉터에 더 많은 악씨를 뿌렸다. 소년의 스물은 돈에 굴복하고 권력에 굴종했으며 반복된 가난에서 벗어나기 위해 세상이 내민 목줄을 찼다.

사랑은 할수록 아팠고 증오는 갈수록 커졌다. 세상을 안을수록 박힌 가시가 늘어났고, 멀리할수록 일말의 관심조차 주지 않았다. 여전히 내겐 모든 것이 아픈데 그 누구도 나의 병이 무엇인지 알려주지 않는다.

그저 버텨온 아픔이 더 큰 아픔에 의해 그리워질 때. 그때를 생각하며 하루하루 미련하게 살아냈다. 못난 상처투성이에겐 글을 끄적이는 일만이 자신을 있는 그대로 보듬어주는 일이었다.

이 비겁한 푸념이 누군가에게 공감과 위로가 된다면 평생 뱉을 수도 있겠다. 그렇다면 피어난 건 결핍뿐이었으나, 누군가에게는 아름다움이 되지 않을까.

혈연

사랑에서 시작해 사랑으로 끝나거나, 사랑에서 시작해 증오로서 끝나거나. 모든 것이 아름답게만 끝나지는 않는다. 아쉽게도 내 존재는 이 명제를 증명했다.

혈관을 타고 흐르는 피는 온몸을 돌아 나를 숨 쉬게 만들지만, 이 사실이 축복이 아닌 절망이 되는 순간,그 찰나만큼 아픈 일이 없었다. 지울 수도, 고칠 수도 없는 그저 사실이었다.

어린 마음에 몇 번을 그으며 잠자는 도피를 두들겼다. 역시 그건 못된 흔적만 남는 일이었다. 그녀를 닮고 그대를 닮았다는 것. 세상에 존재하는 한 그 쳇바퀴에서 벗어날 수 없다는 것. 이 부정할 수 없는 사실이 너무나도 괴로웠다.

사랑하는 이들이 쉽게 인연을 끊으면 나는 끊어진 실을 붙잡고 그들을 찾아 어린 날을 방황할 뿐이었다. 같은 피를 나눈 자들이 세상 어딘가에서 같은 숨을 쉬며 나를 기억하지 않아도 나는 여전히 그들과 이어져 있었다.

아니 묶여있었다. 많은 것을 물려받았다. 일생의 가난, 병든 몸, 낮과 밤의 악몽, 수많은 죄. 그리고 이것들을 증오하는 어리숙함. 낙인은 수십 번을 닦아도 더욱 도드라질 뿐이었다.

조금 더 지혜로웠다면
조금 더 웃음지었다면

용서란 말을 깨닫기까지 너무나도 먼 길을 걸어왔다. 용서는 상대를 위해 하는 게 아닌 나 자신을 위해 하는 것임을. 용서해도 죄는 사라지지 않는다는 사실을. 나를 사랑하기 위한 여정을 시작하기에는 이미 잃어버린 것과 잃어버릴 것들이 너무나도 두려운 시기가 도래했음을.

동상

우리는 따스한 봄날에도 뜨거운 여름날에도 뻣뻣하게 굳어있었다. 사무치게 얼어있었다. 이 동상을 치료할 방도는 세상에 없어 보였다.

차가운 멸시와 조소. 그 혐오 속에서 아프게 살아냈다. 베이고, 아물고, 굳은살이 배이며 사계절을 버텨냈다. 고약한 도시가 마음을 베고 동시에 약을 파는 생리를 우리는 어렸을 적부터 온몸으로 배웠다. 그리고 그 도시에서 인정받기 위해 몸소 영업사원이 된다. 그렇게 누군가를 베고 도시의 약을 팔아 치운다.

우리가 하루살이라면 조금 더 나은 삶을 살다 가지 않았을까. 아픈 말을 뱉기에도 부족한 시간 속에서 조금 더 사랑의 언어로 서로를 감싸주지 않았을까. 주어진 시간이 정해져 있다면 권위적인 도시의 눈치 따위 안 보지 않았을까. 바라고 바라도 우리는 꽤 길게 태어났다. 가쁘게 숨을 내쉬고 얼어붙은 몸으로 또 어제의 상처를 안고 오늘의 상처를 받으며 내일의 상처를 두려워하며 살아내야 한다.

몇 줄의 흉터가 있는 얼어붙은 오른 손목을 도려냈다. 더는 서로의 손금을 마주하며 악수할 일이 없어서였다. 도시 변두리 악취만을 맡는 삶이 지겨워졌다. 이제 가시밭길을 걸을 여력도 염치도 없다. 걸으면 걸을수록 아픔이 쌓이는 우리. 나는 이제 제자리에서 도태되기로 결심했다.

생살

병든 세상은 생살을 도려내기 바빴다. 마치 그것이 순리
라는 듯이 무고한 핏줄을 끊어내기 바빴다.

부촌과 빈가를 이은 화려한 다리. 어김없이, 어김없이
첨벙댔다. 무고한 이들은 그 속에서도 가빴다.

동이 트기 전 서너 시간
세상은 다시 고요해진다.

점점 그 누구도 이 무고한 죽음이
잘못됐다 말하지 않는다.

구분

구분은 항상 아프다. 가진 자와 잃은 자, 집과 밖, 연고와 무연고, 삶과 죽음 등 늘 구분 지어지는 것들 중 침몰하는 것들은 나의 편이었다.

당신들이 나를 구별하지 않길 바라며 고약하게 살아내고 있다. 욕심이지만, 누군가에게 타인이고 싶지 않았다. 가족이고 친구이며 사랑이자 관심이고 싶었다.

불가능한 일에 목매는 건 항상 불행을 초래한다는 걸 알면서도 끊임없이 갈구했다. 여전히 누군가의 타인이라는 점을 받아들이지 못한 나의 자화상은 미숙이었다. 소년이라는 말 뒤에 숨은 구태이기도 했다.

미숙은 상처에 취약하고, 상처는 시간이 묻는 순간 곪기 시작한다. 오늘도 진한 고름을 쏟아냈다. 그렇게 나름 미련한 어투로 세상을 원망했다. 사람을 원망했다.

"곪지 않은 당신들을 탓했다."라고 수없이 끄적였지만, 나조차 당신과 나를 구분 지은 모습에 스스로가 가장 추악하다는 생각이 머릿속을 떠나지 않았다.

나는 아프지만 너는 가빠 보여서

마음 곳곳에 박혀 있는 상처들을 간신히 게워 내는 건
그리 반가운 일이 아니다. 잠깐 개운할지 몰라도 내겐
그저 다시 고름이 쌓일 공간을 미뤄두는 일에 불과했다.
나는 아프다. 아파 왔고, 앞으로도 아프지 않을 자신이
없다. 근데 너는 가쁘다. 누군가의 마음을 안아줄 여유
가 없어 보인다. 그래서 우린 문학에서 만난 이 짧은 이
야기를 기적이라 부르기로 했다. 기적은 찰나다, 별똥별
처럼 순간 다녀간다. 잠깐의 반짝임. 어쩌면 내겐 어머
니 같은. 짧지만 평생의 여운을 가지고 살아가는.

마음이 가쁜 네게 해줄 수 있는 건 그저 운 나쁘게 가시
를 밟으며 걸어온 나의 길이 그려져 있는 지도를 쥐여
주는 일뿐이다. 이런저런 상처를 미리 보며 날카로운 세

상에게 베이지 않았으면 한다. 그저 가쁘게 달리다 마음의 바닥이 다 닳는 줄도 모르게 상처투성이가 되면 옛날 벗처럼 순간의 별이 될 것 같아서.

모든 것엔 이유가 있다는 말을 증오하면서도 인정한다. 내가 당해온 슬픔에 내 탓도 있다는 것 같아 분개하면서도 이렇게나마 사랑하는 그리고 사랑할 이들에게 "내가 아픈 삶을 살았기에, 너는 아픈 삶을 살지 않아도 돼."라고 건넬 수 있을 것 같다. 나는 아프지만, 너는 가빠도 아프진 않았으면 했다.

저승꽃

이 시대의 저승은 우리가 옛적부터 상상해 온 고약한 모습은 아닐 테다. 아마 꽃길을 걷다 펼쳐지는 아름다운 동산이 아닐까.

이승에서 피어나지 못한 이들이 너무나도 많아서. 그래도 우린 언젠가 피어날 테니까. 삶의 문턱을 넘지 못하고 이곳저곳에서 가루가 돼도, 꼭 피어날 테니까.

그러니 저승에는 우리가 피워내지 못한 아름다운 것들이 많을 거다. 그래서 너는 이곳에서도 저곳에서도 피어날 테니 너무 걱정하지 않았으면 좋겠다.

환상의 섬

*

사랑이 목마른 도시엔 달빛이 한 모금 필요해. 거친 세
상에 한숨은 검은데 삭막한 감정의 색깔을 어디에 덜어
야 할까. 예쁜 말만 하던 너의 입가는 언제부터 무거워
진 걸까.

너는 나의 예술, 나는 너의 해수. 마음의 가난을 떨쳐버
릴 수 있는 곳으로 벗어나자. 웃을 때 가장 아름다운 곳
으로 나아가자. 눈물이 앞을 가릴 때 떠날 수 있는 가장
평화로운 곳으로 조금씩 헤엄치자.

그곳은 작게 동떨어져 있어서 이 세상에서는 보이지 않
지만, 함께라면 용기 낼 수 있으니까.

위로가 될지는 몰라도 1

*

어린 시절이 언제일까 묻는다면
자신 없는 목소리로 "오늘이 아닐까."

남은 삶에서 어쨌든
가장 젊은 날은 지금이니까

위로가 될지는 몰라도 2

*

화려한 도시 속 슬픔의 흔적을 찾아 걸었다. 걷다 보니
나온 한적한 골목길, 짙은 웅덩이 속 비친 기죽은 모습
을 바라보게 됐다. 애써 소리 내 울지 않으려는 너.

세상이 어두운 건 네 잘못이 아닌데,
단지 눈을 감을 수밖에 없었을 뿐인데.

외로워서 가까워졌다

*

세상에 물들지 않으며 산다는 건
외딴섬에서 별똥별을 기다리는 것

많이 외롭겠지만
그래도 우린 외로움을 아니까
그래서 공감할 수 있을 테니까

그거면 된 거야
그거면 된 거야

바람

*

조금, 더 살고 싶어졌다
문득, 너도 그랬으면

만나야겠지

언젠간 만나야겠지. 왼쪽 심장 부근 흉을 낸 지아비도,
소녀의 삶을 찾아 떠난 어머니도, 아프게 떠나간 모든
이도.

그저 조금이나마 서로 숨 가쁘게 살아낼 때 그런 모습을
다독여주며 공감할 수 있을 때 봤으면. 그저 막연한 영
정 속 웃고 있는 모습을 바라보게 하지는 않았으면.

소설2

*

"미안하다, 나도 인생이 처음이라 서툴고 아팠다. 다음
에는 서로 사랑할 수 있는 세상에서 살아가자구나."

– 아버지가

아프지 않기로 해

한강변 어딘가

7년 전 못된 선택을 했던 곳에 다시 찾아갔다. 그날 이후 매일 살아내기 위해 아픈 밤을 지새고 있는 나. 시간이 꽤 흘렀지만, 여전히 이곳에서는 자연스레 하나둘씩 사라지는 듯하다.

강변에 아픔과 소회가 쓸려온다. 슬픈 물결을 보고 있자니 많은 이가 생각난다. 떠나간 사랑, 별이 된 우정, 사라진 집. 살아냈으면 하는 이들은 모두 행복을 찾아 떠나버렸다.

오늘도 제자리에서 그들을 기다렸다. 내가 행복하길 바라겠지만 애써 내려앉은 입꼬리를 당기지는 않을 테다. 오늘따라 사람을 잃게 하는 사랑이 너무 밉다. 사랑을 잃게 놔둔 사람보다 더 말이다. 그래도 네가 아프지 않았으면 좋겠다.

우리 아프지 않기로 해요.

아픔이 추억이 될 때쯤에

*

마음이 베여 아물지 않네요
아직 어른이 멀고 먼 건가요
어두운 내 모습에 감사해요
당신이 찾지 못할 걸 아니까

어느샌가 새들의 노랫소리가
슬피 들려오네
우리는 웃어야 하는데

아픔이 추억이 될 때쯤에
비로소 당신을 용서할까요
눈을 감으면 멍든 어린아이가
그래도
웃고 있어요.

명복

추운 겨울에 웅크린 당신. 주변에 따듯한 위로를 건네다 보니 잔인한 세상을 버틸 온기가 남지 않은 걸까요. 고약한 이곳에는 당신의 슬픔이 남아있습니다. 그래도 남은 한 방울마저 모두 겨울 끝자락에 흘려보냈으면 합니다. 그러니 이제 영원한 봄 속에서 끝없이 피어나시길 바랍니다. 스쳐 지나간 인연일지라도, 남겨둔 몫마저 함뿍 아파해보겠습니다. 그렇게 흐른 자국을 보며 기억하겠습니다. 당신의 새 삶을 위해, 용기 낸 모습에 대한 명복을 빌며.

오늘도 아픈 우리에게

*

오늘도 당신에게
아픔을 '이해' 말고,
극복을 '위해' 살자,
조심스레 속삭였다.

4장

청춘과 구태 사이 어른이 되었다

청춘

*

나의 청춘의 덕목 세 가지는,

미친 듯이 방황하고,

미친 듯이 열중하고,

이를 모아 미친 듯이

젊음을 사랑한 것이었다.

보통사람

어릴 적엔 항상 특별한 사람이 되고 싶었다. 사랑받지
못한 아이의 결핍, 나는 내가 존재해야 하는 이유를 찾
기 위해 노력했다. 돈, 명예, 사회적 지위 등 특출남으로
관심과 욕구를 채우려 했다. 근래 조간신문을 읽으며,
세상이 돌아가는 걸 보다 문득, '보통사람'이 돼야겠다는
생각이 들었다. '특별한 존재가 된다는 건 필연적으로
누군가는 그렇지 못한 존재가 된다는 것' 나는 그런 삶
을 살아왔던 것 같아 아팠다. 그저 서로 사랑하고 하루
하루 살아내는 게 더 큰 기쁨이었을 텐데.

가장

*

웃고 즐기는 모습에
오늘도 마음의 무게를
고백하지 못했다.

선택의 지혜

우리는 늘 선택의 갈래에서 머뭇거린다. 소년은 그저, 마음이 조금이라도 이끄는 곳으로 가라고 말해주고 싶었다.

중요한 건, 고민의 시간보다 마음이 이끄는 곳을 선택해 그 시간 동안 옳게 만드는 노력을 하는 것이었음을.

향수

첫사랑은 추억으로 기억되지 못하고,
끝사랑은 젊음으로 찾아오지 못하네,
여태 그래왔듯이 뿌리지도 않은
떠나간 이들의 향수가 남아있네.

추억이 된다는 것은

추억이 된다는 것은,

아름답고 흐르는 시간이 주는 축복이지만,

우리가 추억이 됐다는 것은,

살아낸 시간과 살아낼 시간이 아파지는 한마디였다.

내가 할 수 있는 건

*

가족조차 위로가 안 되는 밤,
작고 따스한 집이 되어줄게.

저울

*

너의 새로운 사랑을 축복할수록,
나의 여전한 사랑은 외로워졌다.

희망의 법칙

*

보통 열쇠 꾸러미의 마지막 열쇠가 자물쇠를 열 듯이,
우리가 포기하지 않는 한, 꿈은 그 자리에서 그대가 찾
아오기를 기다리고 있을 겁니다.

않을 이유

불행하지만 따듯하지 않을 이유가 없었다. 사계절의 다른 말은 떠나가 버릴 벗이지만, 그럼에도 흐르는 시간을 사랑했다. 사랑은 사람을 잃는다지만, 그럼에도 소박히 마음을 나눴다. 정녕 흉 진 인연일지라도, 다시 돌아간다면 같은 선택을 할 테다. 만남과 이별은 늘 함께이기에, 영원함이란 것은 없을 것이다. 허나 평생이라는 건 하기 나름이니, 나로서는 슬프지만 외로울 이유는 없었다.

젊은 날의 사랑

*

우리의 발걸음엔 망설임이 묻어있었다. 시간과 함께 앞
으로 나아갈 용기를 내기엔 서로에 대한 믿음이 부족했
고, 뒤로 물러서기엔 어린 날의 애틋함이 아른거렸다.
보고 싶다가도 서로 찌른 가시가 아려오면 기어코 못된
말을 뱉었다. 그렇게 우린 바보처럼 한 발짝도 물러서지
않았다. 그런저런 관계는 사계를 지나 결국, 주름져 버
렸고 영원을 약속한 우리 사랑은 그대로 늙어버렸다. 그
저 낡은 정 하나로 제자리에 머물러 있는 너와 난 서로
를 미련하게 사랑했고 고약하게 미워했다. 이제 못됨을
자처하며 먼저 마침표를 찍어주길 기다리는 꼴이 된 우
리의 젊은 날의 사랑. 점차 시간이 묻으며 거뭇하게 얼
룩진 인연.

불나방

나의 젊음은 누군가의 꿈이 되지 못했다. 중고교 강의를 나가던 시절, 초롱 빛나는 학생들의 눈에는 어른의 자유, 젊음의 해방이 새겨져 있었다. 그날 숱한 거짓말을 내뱉고 반지하 골방으로 돌아온 난 하찮은 주량을 벗 삼아 고통의 밤을 내일로 미뤘다. 그 시절 난 거짓되지 않으면 누군가의 꿈이 되지 못했다.

그저 험한 세상에 책임 있는 어른이 된 게, 나비가 되지 못한 나방은 수려한 꽃밭보다는 습한 구석이 편했다. 이 자조에 소망이 있다면, 순간을 위해 일생을 바치는 불나방이 되고 싶은 마음뿐이다. 단 한 순간이라도 빛나는 인생을 위하여.

청소

짐승 우리 같은 방을 오늘도 치우지 않았습니다.

주인집 할아버지는 군인이셨습니다. 각 잡힌, 오래된 주택. 제가 사는 지저분한 옥탑은 그에겐 눈엣가시였습니다. 현관 밖 수북한 고지서와 치우지 않은 짐들이 산적해 있었거든요. 그래도 늘 듣는 꾸지람이 마냥 나쁘지만은 않았습니다. 그것마저 쾌쾌한 외로움에게는 관심이되었거든요.

사실 저는 매일 청소를 합니다. 단지 마음에 쌓인 쓰레기를 먼저 치우기 바쁠 뿐입니다. 제 옥탑이 깔끔해진다면, 군인 할아버지도 왠지 모를 섭섭함이 몰려올 겁니다. 항상 마음을 비집고 들어온 사람이 떠난 자리는 불시에 어색하리 깨끗해져 있었거든요.

어느날의 어머니가 그리워지는 밤입니다.

서운한 시간도 추억이 되기를

*

오늘 하루는 어땠어? 다들 바쁜가 봐. 하늘을 바라볼 여유조차 없어 보이네. 몇 시간을 떠들던 전화는 이제 연락 한 통 남기는 것조차 부담이 될까 주저하고, 오늘은 뭐 하고 놀까, 고민하던 날은 언제 한번 만나기도 힘든 일상이 돼버렸네. 그래도 인연의 힘은 강하니, 가끔 마음을 전해도 넌 언제나 환히 웃고 날 반겨줄 테지. 조금 힘들지만 버티자. 곧 맑은 공기, 서늘한 바람과 함께 이 시간도 추억거리로 삼는 날이 올 터이니.

그대 밤은 사라질 거야

*

서글픈 표정 짓지 마요,
물론 그마저도 사랑할 테지만요.
어두운 길은 걷지 마요,
이제 내가 그대 밤이 될게요.

시끄러운 도시 속에 쉼이 되어줄게요,
때로는 가파른 하루에 어깨를 내어줄게요,
갈 곳을 잃은 마음의 집이 되어줄게요,
내가 사라져도 그대 곁에 새겨질게요.

내일의 태양이 되어주세요,
영원한 석양이 되어주세요,

가끔 이 이야기가 흘러나오기를,

눈을 감아도 그대가 기억하기를,

그대 세상에 밤은 사라질 거예요,

이제 내가 그대 밤이 될게요.

사소함에서 그친 관심

*

오늘은 별이 유난히 빛나서 그대가 슬플 것 같아요. 까마득한 밤을 좋아했던 그대. 그 어두운 새벽에 외로움이 묻히기를 기도하던 그대. 화려한 도심보다는 풀벌레가 가닿는 샛강을, 한강을 잇는 찬란한 대교보다는 냇가를 잇는 아치교를, 그렇게 소박한 산책을 좋아하던 당신. 단지 작은 희망과 초라한 욕심만 갖고 살았을 뿐인데, 무엇이 그대를 그렇게 아프게 했나요.

오늘의 기분을 묻는 일이 상처가 될 줄 몰랐어, 내일 뭐하냐는 질문이 막막할 줄 몰랐어. 어쩌면 네가 슬픈 이유는 너를 아프게 하는 사람이 바로 사랑하는 이들이어서 아니었을까. 때로는 사소함에서 그친 관심이 누군가에게 상처가 된다는 것을 왜 깨닫지 못했을까.

한강 철교

차가운 철교 위 위로의 글귀 따위는 힘이 되지 않았다. 그날의 홍역을 치료해 줄 위로라는 건 애당초 세상에 존재하지 않았으니. 난간에 적힌 시답지 않은 말들은 그저 세상과 나 사이에 붉은 선을 그을 뿐이었다. 옷소매를 길게 빼 손등까지 덮었다. 그렇게 어젯밤 있었던 일을 숨겼다. 불현듯 지나가는 행인들의 눈빛이 나의 못남을 안다는 듯 구겨져 보였다. 여실히 가는 비가 간지럽게 내린다. 거세게 쏟아졌다면 집으로 돌아갔을 터, 고민을 살짝씩 건드는 날씨에 신발을 가지런히 벗어두고 생각에 잠겼다. 내리는 방울보다 멍든 눈망울에서 쏟아지는 지난 세월이 더욱 굵었다. 함뿍 담긴 설움이 바닥에 떨어져도 이 도시는 무엇도 변하지 않았다. 그저 잘난 젊음을 마주한 이들을 질투하는 패자가 한 명 줄었을 뿐이다. 청춘아 너의 병듦을 원망하지 마라. 근래 공기는 희멀건 탁해서, 네가 뱉은 순수에는 개의치 않으니, 부디 네가 못난 것이라 생각하지 말기를.

둔재

나는 사랑에 있어 둔재였다. 제대로 받아본 적 없기에, 손을 잡는 것도 살포시 안는 것도 어색하기만 했다. 각진 마음은 진심과는 다른 모난 말을 뱉어댔고, 그러면서도 마음을 알아주기만 기다렸다. 내가 상처투성이인 만큼 주변인들을 환자투성이로 만들었다. 쌓여가는 죗값을 치를 능력이 없어 빚을 졌고, 아무리 갚아도 원죄를 탕감할 수 없었다. 세상은 마치 포기를 종용하는 천사 같았고, 나는 정의에 반항하는 짐승이었다. 누구를 위한 삶인가, 아무리 되뇌어 봐도 답은 살아 숨 쉴 수 있는 곳에는 없었다.

변곡점

열정으로 산다는 말은 사실 무기력은 곧 죽음이라는 말
이었다. 뜨거웠던 젊은 열의는 몇 번의 무력함 앞에 꺾
였다. 그렇게 넋 나간 채로 그저 부패한 하루를 보냈다.
재능이라 생각했던 것들은 결국, 현실을 더욱 초라하
게 만들었고, 그 무엇도 위로가 되지 않는 요즘으로 나
를 이끌었다. 살아가는 시간이 사라지는 시간으로 바뀌
는 지점이다. 흥미란 단어는 어린 날의 희망이자 오늘날
의 몽상이 됐다. 몇 번의 아픈 나날을 지나왔지만, 남은
건 흉한 상흔과 자유에 대한 갈망뿐이었다. 그럼에도 비
대해진 욕심에 찬 나는 단 하나도 손에서 놓지 못했고,
기울어져 가는 삶의 결과는 보다시피 뻔했다. 해방의 시
간을 기다리는 게 무색해졌다. 용기를 낸다는 말이 다른
의미를 암시하기 시작했다.

토닥여주자

*

아무리 닦아도 새까매진 발이 돌아올 생각을 안 한다. 꽃길이라 믿었던 선택이 진흙탕이었을 때, 뒤를 돌아보니 순수가 까마득할 때, 밀려온 시간에 휩쓸린 젊음을 찾을 수 없을 때, 우린 그런 현재를 사랑할 수 있을까. 순간을 소중히 하는 마음은 중요하다만, 드는 감정을 존중하는 것도 중요하다. 이 도시는 존중 이상의 섬김을 바라지만, 요동치는 속마음에 대해서는 들은 체하지 않는다. 아플 때는 아프다고, 슬플 때는 슬프다고, 화날 때는 화났다고 있는, 그대로, 마음이 옳다고 토닥여주자. 우린 어렸을 때부터 마음과 행동을 다르게 하는 바를 배우고 자라서, 그저 좋은 연기자가 되기를 바라는 세상에 맞춰져서, 세상은 흐르는 눈물을 보고도 웃음 지으며 긍정하라고 가르쳐서.

오늘도 솔직한 만큼 어린애처럼 빗대어지는 게 싫어 솔직함을 죽였다. 그렇게 나의 젊음은 매일 스스로를 잃어가는 하루를 보내고 있었다. 그대는 이 글의 양면에 서 있기를 바라며.

더럽다고 말하지 않으면 잊게 된다

*

도시에서 나고 자란 나에게 저 별은 모두 나를 위해서
빛나지 않았다. 서울 사람들은 밤하늘의 별을 지우기 위
해 철탑 속에서 저녁이 깃든 청춘을 갈아 넣고 있다. 어
릴 적엔 한두 푼의 욕심에 눈이 먼 어른이라 생각이 들
어 그저 반면교사 삼았었다. 오늘날 도시 중심가에서 동
료를 짓밟고 포주에게 푼 돈을 더 받으며 우월감을 느끼
는 나로서는 염치없는 과거가 됐다. 어쩌면 가난과 부유
를 이은 저 수십 개의 철교에서 삶과 죽음의 기로를 고
민할 때가 가장 순수했던 것 같다. 아픔이 익숙하지 않
아 상처 주는 것도 두려웠던, 돈보다 꿈에 대한 설렘에
심장이 뛰던 그 시절. 철차 밑으로 어린아이가 발을 헛
디디는 상상, 그 순간 뇌리를 스친 건 아이의 안위보다
열차가 지연되겠다는 짜증이었다. 청춘과 구태 사이. 이

젠 뒤를 돌아보지 않으면 내가 걸어온 곳이 청춘이었다
는 것도 잊을 거다.

최근 유서

*

사랑하던 것들이 모두 날 외면할 때
증오를 지피고 싶지 않아 얼굴을 태웠다
더 이상 표정은 감정을 대변하지 않고
다다른 감정마저 이제 그 누구도 사랑하지 않는다
'그저 흘러가는 대로'라는 말이 사치가 될 때
더는 손톱을 뜯는 습관을 고칠 필요가 없어졌다

수고했어 나의 기적아,
찰나의 별이 되는 밤에.

내일도 힘든 새벽을 지샐 너에게

*

"오늘은 좀 괜찮아?", "응!" 천진난만한 너의 웃음보다 숨겨둔 배려의 슬픔이 내게는 더 아팠다. 맑은 날 산책해서 좋다는 말이 구슬피 들려온다. 아무리 화창한들, 우리에게는 날씨가 무의미해지는 순간이 있다. 고개를 숙일 일만 흠칫 밀려올 때 아름다운 그 밤에 어떤 별자리가 빛났는지 우린 알지 못한다. 오늘도 누군가는 사랑을 잃고, 또 누군가는 사람을 잃었다. 그럼에도 웃음소리로 북적이는 도시를 평화롭다 불러야 할까. 아픔이 댓발 입처럼 튀어나온 난 이렇게 모난 생각으로 가득 차 있다. 그래도 좋은 건 나와 같은 우울을 곱씹는 이들이 새벽을 지켜준다는 것이다.

내일도 힘든 새벽을 지샐 너에게.

사람을 해치는 법을 배우지 못해 온통 네 탓만 하고 있을 너에게, 눈물로 퉁퉁 부은 눈을 보고 어김없이 웃으며 잠시 슬픔을 덮어놓을 너에게, 가슴 속 만나지 못할 사랑하는 이들을 품은 우리의 젊음에게.

다 괜찮다. 나를 상처 줘도 괜찮다. 난 지혜로운 사람도 신중한 사람도 아니기에, 이렇게 작게나마 끄적이며 쉽게 괜찮다고 위로하겠다. 다 괜찮을 거니까, 너무 걱정하지 말길 바라.

매캐

가을은 짧겠지 또. 어느덧 스물여덟 번째 입술이 찢어졌네. 사계 중 봄보다 가을이 더 좋다는 건 꽤 슬픈 일인 것 같아. 모두 피어날 때 웅크리지만, 시들어갈 때는 같이 부스러지니까. 가을이 오기 전 어김없는 무더위에도 가슴이 뜨거운 이들은 더욱 타오르겠지, 눅눅하게 얼어붙은 난 그저 축축하게 녹을 뿐인데. 습기 찬 두 눈이 보는 세상은 슬픔이 가득하니, 웃고 산다는 건 아픔을 기만하는 것 같아. 오늘도 이 도시는 죽음마저 유명세를 따져. 강변에 휩쓸린 젊음보다 값진 것들이 너무나도 많아서, 우리는 아픔마저 가난할 수밖에 없나 봐. 청춘과 구태 사이에서 갈등 없이 구차함으로 걸어가는 내게 세상이 주는 위로는 '자신감은 무지했던 거라고, 제발 현실적으로 살라고'라는 말이었어. 어릴 적엔 꿈을 꾸라면서, 숨

가쁜 성인식을 치르면 그건 몽상이라고 일러두는 거. 그
래서 어른이란 말이 여전히 매캐한가 봐.

안아주지 못할 선택들

온몸을 구기고 얼굴을 웅크렸다. 사랑은 가혹했고 연인
은 염증으로 남았다. 가혹함을 벗 삼아 괴물이 되고 싶
었다. 그렇게 바닥에 꽁초 한 개비를 버리고 우월감을
훔쳤다. 볼품없는 악인이 된 자신에게 실망했다.

젊음은 끝없는 투쟁이다. 어릴 적 무한한 희망을 두고
현실에게 얼마만큼 나를 내어주느냐에 관한 싸움. 타인
이 초점이 된 개성, 쾌락을 얻는 다른 방법이 된 정의, 돌
아오기만을 목 빼고 기다리는 선행 등 나의 행동 거취는
속속히 갈등 덩어리가 됐다. 어쩌면 영원히 젊음에 머물
고 싶은 난, 누구보다 청춘을 밀어내고 있었다.

순수를 잃어버릴까 봐 과거를 부둥켜안았다. 유년과 성
년의 차이는 돋보이고자 하는 마음과 돋보여 너를 탐하
고자 하는 마음으로 나뉘었다. 어릴 적 결핍을 틀어막
느라 청춘을 소실했다. 보상 심리로 남의 것을 빼앗았
다. 아니, 정확히 말하자면 빼앗기 위해 아등바등 살았
다. 의미 없는 경쟁을 버티기 위해 갖가지 중독을 범했
다. 술은 입에 대지 않겠다는 걸 빌미로 니코틴과 카페
인에 건강을 버무렸다. 그렇게 몰골은 남아나지 않았고
난 또, 태생을 탓했다.

모두가 각자의 자리에서 스스로와의 투쟁을 벌이고 있
을 테다. 글로 지난날을 게워 내야 순수가 드러난다. 순
수는 내게 "그저 이 순간까지 사랑했으면"이라고 읊조
렸다.

나의 못난 마음마저 안아줄 수 있을 때 타인의 심술을
받아줄 수 있듯이, 마음의 그릇이란 건 어쩌면 나에 대
한 여유가 아닐까 싶다. 누군가를 위한 박수갈채는 성공

에 대한 욕망을 인정하는 것에서 시작되니. 이제부터라
도 우리가 우리와의 고된 싸움 끝에 스스로를 안아줄 수
있었으면.

매일 쓰다듬기

지난날 부끄러움이 사무친다면 그건 성장했다는 증거다.
과거 자신의 못남을 후회하고 지워버리고 발버둥 치더
라도 좋다. 하지만 동시에 그 시기를 지나 어엿한 성장을
이뤄낸 자신을 쓰다듬어 주는 일도 함께 했으면 좋겠다.
성인들은 이를 '염치'라 불렀다. 염치가 없으면 나아가지
못한다. 스스로 서 있는 곳에 만족한다며, 불만족을 외면
하다 보면 어설픈 심신이 누군가를 다치게 하기 마련이
다. 사실 난 매일 밤 오늘의 내가 부끄러웠다. 어리숙한
말과 행동으로 누군가를 상처 준 일에 갖가지 명분을 만
들었다. 하지만 염치를 설득시키는 일은 그저 성장하지
않고, 똑같은 실수를 반복하겠다는 말과 다름없었다. 숨
고 싶지만 아니, 숨더라도 쓰다듬어 주자. 못나 보일지언
정 그 순간 최선을 다한 자신이라는 건 변함없으니.

세 잎 클로버

네잎클로버를 기다리기보다, 세 잎 클로버를 행운으로
여기기로 했다.

특별하고 화려한 삶을 좇던 나날들은 매번 불만족스러
운 삶으로 회귀했다. 잠깐의 환희는 강렬하지만, 그만큼
사소한 행복을 태우기 마련이다. 운동장과 공 하나면 행
복한 시절이 통장 속 공 하나에 시련을 겪는 날로 이어
졌듯이. 변한 건 조금 커진 키와 거뭇한 수염뿐인데.

그중 상처 난 게 있다면 흠 진 순수겠다. 때 묻지 않은 시
절을 곱씹으며 작게 만족했던 기억 사이로 서성거렸다.
그 틈에는 우연히 찾아온 행운에 행복을 좌우하는 어른
의 욕심이 보였다.

깊게 숨을 들이쉬고 주변에 무수한 세 잎 클로버를 둘러봤다. 오늘은 굳이 멀리 가지 않아도 박준의 산문집에서 향토를 느꼈고, 허회경의 음악에서 위로받았다. 무더위에 흘린 땀을 닦으려 찬물을 뒤집어쓰고 한여름에 오들오들 떠는 몰골을 보며 못나게 웃었다. 작은 행복, 내일이면 기억에서 산화되겠지만, 그렇기에 매번 즐거울 수 있는 그런 일상들. 그저 그렇게 살아가면 된다. 옛 인연도 사랑도 그저 그렇게 묻어두면 된다.

아치교에서 끝날 인연

*

큰길로 걷다가는 치이는 시대다. 일전의 세상은 본류를
따라가야 평화로웠다. 다 같이 성실히 농사를 짓고, 가
을이면 금빛 오곡을 함뿍 수확하는. 작금의 시대는 적은
노력으로 곳간을 채우는 소수와 수많은 구슬땀이 모여
야 겨우 풀칠하는 꼴, 사나운 몸태가 돼 버렸다. 더는 자
라나는 아이들을 미래라 부를 자격이 없어졌다. 미처 이
루지 못한 우리의 꿈을 이어갈 아이들이 아니게 됐다.
그저, 우리가 낭비하고 소비한 것들을 짊어지고 책임질
이들이 됐다.

새벽의 철교마저 가득 차 이젠 작은 아치교마저 첨벙거
림이 끊이질 않는다. 젊음의 대가는 강가가 넘실거리기
에 충분했다. 또, 나의 슬픔은 누가 알아주랴. 새벽녘까

지 아버지에 두들김에 난 파찰음에도, 너와 나는 방음조차 안 되는 부실한 벽 하나를 핑계 삼아 해맑게 웃으며 아침 인사를 나눴으니.

그저 다들 적당히 모른 체하며 미적지근한 인연을 이어 갈 뿐.

자유에 대한 단상

*

나의 자유는 버릴 수 있는 것의 숫자로 측정됐다. 어릴 적부터 홀로 지낸 내게 자유는 유일한 특권이자 부러움의 대상이었다. 늦은 시간 골목을 배회해도 걱정할 부모님은 안 계셨고, 시험 성적이 나빠도 꾸지람을 들을 곳은 없었다. 그렇게 자유로운 시간 속 나의 친구는 배고픔이요 외로움이었다. 인복이 좋아서일까, 뚜벅뚜벅 외길을 걷다 보니 점차 가족 같은 이들이 생겨났다. 이제 나의 벗은 굶주림과 고독함뿐만은 아니다. 허나 나잇값이라는 녀석이 눈에 밟힌다. 무수히 음표를 그려내도 한 끼 배부름을 누리지 못하고, 아픈 도시에 관해 끄적여도 세상은 변하지 않았다. 되려 따뜻함을 빙자해 병든 사회를 예찬하는 아부들이 굶지 않았다. 하나씩 굴복할수록 버릴 수 없는 것들이 생겨난다.

연봉, 외식, 여행지 등 자랑이 즐비한 똑똑한 수화기 속으로 자유를 충전하면 무수한 기준으로 인격에 순위를 매겨준다. 두세 달에 한 번쯤일 게다. 아무 연락 없이 사라지는 경우가. 나의 유산은 어릴 적부터 이어온 독보적 자유뿐이기에 아등바등 지키려다 보니 놓치는 게 많다. 그때가 되면 그저 멀리 떠나 자연을 사랑하거나 오랜 초가집에 머무는 노인의 집에 한 달 치 월급을 두고 온다. 아직은 철없고 비현실적인 이 '자유'가 좋다. 나의 계절은 점차 짧아지지만, 비상식적인 '자유'에는 여전히 봄이 남아있다.

허물

불안한 허물을 사랑하자.

우울에 움츠리다 가까스로 찢고 나온 그 허물을 사랑하기로 했다. 그 못난 몸태에는 사람에 대한 온정이, 세상에 대한 기대가, 여태껏 잘 버텨준 나의 순수가 묻어있기에.

사람을 사랑했고, 꿈의 무대가 되어줄 거라 믿었던 세상. 변변치 않은 나였기에 기대했던 만큼 아파했다. 가녀린 친구들은 순수를 지키다 변해버렸고, 억센 이들은 살기 위해 여린 친구의 순수를 괴롭혔다.

그 누구도 지켜주지 않지만, 여전히 우린 살아 숨 쉬고 있다. 어쩌면 벗어 던진 허물이 그 모난 돌들을 대신 맞아주고 있었을지도 모르겠다.

죽지 않기 위해

죽지 않기 위해, 죽음에 관하여 쓰기 시작했다. 우린 여전히 방황하는 중일까. 빈곤의 시대를 극복한 영광은 소수에게 돌아갔고, 우린 무구한 풍요와 여전한 빈곤이 공존하는 세상을 살아가게 됐다. 여전히 젊음은 병든 몸의 생살을 도려내기 바빴다. 마치 그것이 순리라는 듯이 무고한 핏줄을 끊어내기 바빴다. 순수의 시절 배운 정직이란 가치를 따라가다 보니 더욱 가난하고 몰상식한 이가 되어버렸다. 하지만 누구도 탓할 수 없었다.

부촌과 빈가를 이은 화려한 다리. 어김없이 그 사이사이 이어진 철교 아래선 청춘이 첨벙댄다. 무고한 새싹은 일상을 떠나서도 가쁜 시간을 보내야 했다. 낡은 의자에 앉아 미성년의 시기를 전부 보낸 우리에겐 당당히 세상을 헤쳐 나갈 힘이 없었다.

한강 둔치에서 서글픈 물장구들을 보니 내심 양심 없는
나의 발걸음도 난간을 향했다. 동이 트기 전 서너 시간,
엉거주춤하게 용기를 내지 못한 내게는 그렇게 하루의
기회가 또 주어졌다.

그 사이 누군가의 딸 아들은 잠들었지만, 세상은 여전히
고요했다. 그 누구도 이 병이 잘못됐다 말하지 않았다.
그저 단단한 꼭대기로부터 옮은 독한 감기를 엿보고는
알아서 서로를 피할 뿐이었다.

나도 그랬다.

구태의 고백

*

지난날의 열정은 어디로 갔을까. 지금의 난 그저 젊음을 가장한 구태에 불과했다. 한때 교단에 섰던 시절이 죄스럽다. 학생들에게 가르친 정직은 아이들을 더욱 아프게 할 터이다. 나조차 단아한 굶주림을 못 참고 부도덕함으로 한 끼를 채운다.

제주에 대한 낭만이 있다. 서울은 친구들을 수면 아래로 잡아먹었고, 내게는 선악과를 강요했다. 어느덧 지금까지 노력한 자신이 소수만을 위한 톱니바퀴가 된 것 같다는 생각이 들었다. 나태는 그럴 때 자라났다.

가끔 감당하기 힘든 시련이 찾아오는 날이 있다. 그 가끔이 자주가 되면 열정은 난파되고 굶은 홍역을 치른다.

그 자주가 생애가 되면 삶의 언어가 재정의된다. 그렇게 난 사랑을 채울 수 없는 욕망이라 일컬었고, 행복을 통장잔고라 발음하기 시작했다.

돌아가자. 어둑한 새벽 공황장애로 밤거리를 짖던 시절로. 해 뜨기 전이 가장 어둡다며 가난을 벗 삼아 성공을 좇던 시기로.

나 같은 구태에게도 구르는 재주가 있다면, 한 마디 남기고 싶다.

당신의 내일이, 길이 이어지는 곳에 가지 않고 길이 없는 곳에 자취를 남기기를. 그 자취를 발견한 사람과의 인연을 갖가지 탐욕 때문에 놓치지 않기를.

그리울 게 없던 스물이 그리운 하루다.

빈 지갑을 괴롭혀 커피를 샀다

*

오늘의 난 어떤 벌을 받는 걸까. 불안한 마음에 쉬지 못하는 몸뚱이가 아늑한 침대를 놔두고 곰팡이처럼 습한 구석에 웅크린다.

괜시리 조용한 친구들에게 서운한 날. 무거운 저녁이 내려앉으면 불쾌한 고독감이 밀려온다. 빈 지갑을 괴롭혀 커피를 샀다. 담배를 피우려 밤참을 굶었다. 오늘은 왠지 지나간 인연을 홀가분하게 떠나보낼 수 있을 것 같다. 오랜만에 청소기를 돌렸지만, 여전히 마음이 껄끄럽다. 또 습관처럼 날 선 것들을 찾았다.

다들 어떤 사랑을 받으며 살까, 문득 묻고 싶어졌다. 무수한 자극을 찾아도 미동이 없고, 무수한 노래 중 오늘의 감정을 대변할 노래도 없다. 젊은 날 천장에 달아놓은 꿈은 갈수록 닿지 않는다.

면도를 미루고 있다. 지금의 못난 모습은 내가 의도한 거라고, 그렇게 믿고 싶었기에. 갖가지 중독도 오늘은 감흥이 없다. 너무나도 초라한 하루다. 현관 앞은 북적이는 성수동이다. 난 화려한 시대 앞에서 문을 잠그고 내 안에 남은 작은 사랑을 갉아먹고 있다.

통장 잔고가 떨어지면 그제야 움직일 테지.

반항한다고 반항해 봤는데, 역시 세상에 굴복한 어른이 된 게 분명하다.

깨진 거울 조각

*

넌 나의 공황을 닮았다.

삼킨 우울이 텅 빈 가슴에서 굴러다닐 때면 콧등을 만지
는 버릇마저 닮았다. 그렇게 우린 슬프게, 사랑하면 닮
는다는 말을 증명해 버렸다. 나의 아픔을 닮아가지 않았
으면 하는 마음은 안타깝게도 서로가 멀어질 때야 이루
어졌다.

깍지를 끼고 미간을 어루만졌다. 술과 섞어 마신 약은
효과가 없다는 걸 깨달았다. 무기력에 몸에 물 한 방울
데지 않아도 타이를 사람이 없어졌다. 잔소리도 관심 있
으니 한다는 소리가 그리워지다니. 이불을 뒤집어쓰고
지난날의 상처를 흐느끼며 되뇌었다. 병든 마음에 사랑

하던 이들 사이 작은 쉼표를 뒀다. 어느덧 남보다 멀어진 사이가 됐다. 어쩌면 그들은 나라는 사람보다 지금 당장 즐길 수 있는 사람이 필요했나 보다.

수십 번 이별시를 게워 내도 네가 돌아오지 않는 걸 보면 넌 지금 행복한가 보다. 아니, 어쩌면 내가 박은 가시가 여전히 꽤 깊숙한 곳에 박혀 있나 보다. 사려 깊은 넌 애써 아픔을 내색하지 않았을 터. 그저 미안한 마음이 들었다.

문득 서로 슬픈 이별을 한다는 건, 돌이켜 보면 아름다운 일일지도 모르겠다는 생각이 떠올랐다. 관계의 끝이 누군가에게 해방이었다면 그건 그거대로 너무나 가혹한 일일 테니. 매일 꿈에 나와 웃는 모습은 예뻤지만, 나로서는 악몽이라 부를 수밖에 없었다. 최소한의 미련을 갖는다면 역시 그거대로 너무나 가혹한 이별이었다.

오늘도 짐 정리를 미뤘다. 도저히 네가 줬던 편지들을
들춰볼 용기가 나지 않아서.

깨진 거울 조각들이 아름답게 나뒹굴었다.

믿어 의심치 않는다

발에 밟히던 게 꿈이던 때, 난 무관심한 심연 속에서 자유롭게 헤엄쳤다. 현실에 굴복한 어른을 증오하던 젊은 패기는 상상하는 모든 것을 이루리라 믿어 의심치 않고 있었다. 그 믿음이 한철 하루살이가 되기까지는 수년이 걸리지 않았다. 지금의 난 현실에 굴복한, 어른이 되지 못한 못난 아이였다.

노력하지 않았다고 말하진 않겠다. 그건 내가 꿈을 바라보고 여태껏 달려오는 모습에 박수를 보내고 영감을 얻어가는 이들에 대한 모욕일 테니. 하지만 어느덧 내 소심함 입은 실패의 모양으로 오므려져 있었다. 뱉지 못하는 껌이 있다면 얼마나 고역일까. 짧은 단물이 빠지고 점점 굳어가는 미련한 끈적임을 계속 씹어야 한다니. 지금 나의 입속엔 그런 마지못함이 씹히고 있다.

성공하기 위해서는 누구보다 사회적으로 살아내야 했고, 풋내기 도련님들에게 재물을 빌려야 했다. 이 시대를 탓하고 싶지 않은 마음은 금세 스스로의 모자람을 찔러댔다. '용기를 내 한 번만 더...'라며 두들긴 도전은 무수한 억울함으로 되돌아왔다. 남은 욕심이 있다면 이 패배자가 게워 낸 글이 당신에게는 더 나아갈 용기가 되기를 바라는 마음이었다.

허나 삶에서 멋진 이들을 만나고 깊은 생각을 나눌 수 있었던 건 크나큰 축복이었다. 특히, 양홍원과의 만남을 잊지 못한다. 홍대 루프탑에서 별을 보며 서로의 생각을 하늘에 띄웠다.

그날 메모장에 적은 말은 '어제의 난 실패했지만, 오늘의 난 늘 그랬듯 도전했고, 내일의 내가 있다면 그 꿈을 이룰 것이라 믿기로 했다'였다. 영감은 찰나의 별똥별처

럼 찾아온다. 한 권의 책, 무수한 글 중 단 하나의 문장,
단어라도 당신의 가닿은 게 있다면 그것과 함께 기적으
로 향하기를 기도하겠다.

멈추지 않으면 반드시 도달하고, 기적은 곱씹을수록 현
실이 되며, 아파도 변하지 않는 마음을 극복이라 부른다.

당신이 그 주인공임을 믿어 의심치 않는다.

마음과 화해하다

기분을 뭉뚱그린다. 감정에 충실할수록 세상은 무례라
는 뒷말을 달았다. 웃는 모습이 예쁘단 말이 너무나 좋
다. 하지만 모난 내 마음은 아직 불의를 보면 날카로워
진다. 가끔 지쳐 굴복하면 그 틈을 타 비루해진 모습이
찾아왔다.

어른으로서 거치는 성장을 뒤로하고 일본 교토로 도망
친 적이 있다. 우린 늘 나아가는 법에 대해 '배우'지만,
뒤로 가는 법에 대해선 '초보 연기자'다. 워커홀릭으로
인정욕구를 채우던 내 삶이 그랬다. 그래서 즉흥과 낭만
이라 포장된 도주를 연습 삼아 비행기에 몸을 맡겼다.

딱히 거창한 시간을 보내진 않았다. 단지 몇몇 허울을 내려놓고 오니 내 안의 외로움과 더욱 솔직히 대화할 수 있었다. 어린 시절, 내면의 추악함, 욕심과 욕망에 대해 이야기를 나눴고 조금은 과거 그리고 마음과 화해했다.

낯선 세상은 늘 나를 찾게 해준다. 날 선 세상에서 버티는 우린 종종 내면의 순수를 잃는다.

문득, 당신의 삶 이야기를 듣고 싶어졌다. 난 글을 쓰지만, 여전히 당신을 읽고 싶다.

어른을 닮아가며

*

문득 용서받고 싶은 일들이 빼곡해졌다. 오늘도 어김없이 왼쪽 가슴이 아려온다. 훌훌 털어버리려 샤워했지만 남은 건 점점 무뎌지는 홀가분함이다. 거울을 보며 미소를 지었다. 내게 웃음 짓는 일은 공들여 밥을 짓는 일과 같다. 오늘은 슬픔이 넘쳤는지 미소가 질다.

누군가 비웃을 수 있겠다만, 부쩍 삶이 낡아버렸다는 생각이 든다. 청춘과 구태 사이, 어느덧 순수에 묻은 곰팡이가 씻기지 않는다. 뱉어놨던 녹슨 어른들에 대한 증오가 무색해진다. 위로가 필요한 하루, 멋쩍게도 나의 남은 순수는 위로해달라고 말할 용기도 없는 애석한 친구였다.

어느덧 불의가 되다

어느덧 나는 불의가 되어 있었다.

꿈에서 치솟은 불길 속으로 뛰어들어 사람을 구했다. 비록 꿈속이었지만, 한 치 망설임 없이 뛰어든 모습이 낯설지 않았다. 청춘의 시발점을 출발하던 난 분명히 불의에 맞서 싸웠었다.

폭행을 막다 어금니가 깨지고, 강도를 잡다가 신원미상 집단에 보복당했었다. 그래도 내게 남은 건 상흔이 아닌 수훈이었다. 후회는 없었고 자신만 있었다. 일련의 일들을 조금의 과장을 보태 술자리 무용담처럼 즐기기도 했었다.

그런 내게 잠에서 깨고 난 뒤 밀려온 감정은 부끄러움이었다. 지금의 난 너무나도 떳떳하지 못하다. 배고픈 삶에 의해 보이는 가치를 좇기 시작했고, 그 세계에서 살아남기 위해선 염치란 장애물이었다. 인생이 청춘과 구태 사이라면 내 위치는 청춘이 점처럼 보이는 까마득한 지점이었다.

고된 출근길, 조금의 안락함을 위해 인파 속 사람들을 밀쳐놓고 먼저 성을 냈다. 손쉽게 도울 수 있는 일에 계산기를 두들기며 인색함을 내비쳤다. 어느덧 거울에는 증오하던 어른의 모습이 비쳤다. '무엇이 날 이렇게 만들었을까'라는 생각을 하기에도 이미 늦은 듯했다. 마음속 어린아이는 이미 나를 불의라고 부르고 있었다.

20대 초 일본 군함도에 방문해 강제 동원 희생자분들의 추도식을 올렸었다. 허나 항구에서 준비한 추도문을 읽지 못했다. 100년 가까이 지난 지금 그 무엇도 변하지 않은 현실에 당신들을 위로한다는 말을 차마 입에 담을 수

없었다. 그 당시 뚜렷하고 뜨거운 마음은 나를 배부르게
해주지는 않았지만, 떳떳하게는 살게 해주었다.

'사계절의 다른 말은 떠나가 버릴 벗'이라고 말했었다.
다시 생각해 보니 사계절의 이명은 '놓쳐버린 나와 더
멀어진 거리'를 뜻했다. 아파도 즐거웠고 가난해도 풍족
했다. 비가 거세게 내리는 새벽 이 시간에 난 스스로 밀
어버린 소년을 기다리는 비루한 어른이었다. 돌아갈 자
신이 없어 고개를 숙였다.

바닥에 떨어진 그리움이 꽤 멋진 모습으로 아른거렸다.

독소를 빼다

온몸을 휘감은 독소를 빼고 있다.

온전하지 못한 정신이 사랑하는 이들에게 묻을까 조심
하다가도, 어린 마음에 어깨를 내어주기를 바랐다. 나의
우울은 기분을 삼켜도 욕심을 버리지 않았고, 눈물을 보
일 때까지 괴롭혔다.

소중한 이들의 품을 이곳저곳 돌아다녔다. 누군가는 빼
곡히 염원을 담으며 길고 긴 극복을 적어줬고, 누군가는
부정이 묻을까 몇 마디 위로와 함께 지난날을 배신했다.
이때마다 사람이 미워진다는 건 순수가 아직 남아있다
는 의미일지도 모르겠다.

몇몇 사람들은 실망에 순간을 지배당하고 감동은 쉽게 발화시킨다. 그런 우매가 너무 미웠다. 진심은 순간의 즐거움으로 채우고 도움은 일절 팔짱을 끼고 인색하는 모습이. 내게 미움의 감정이란 사랑의 크기와 같아서 더욱 쓰라렸다.

모두가 변해도 그 변화에 흉이 번져도 앞으로 마주할 이들에게 미연에 팔짱을 끼지 말자. 당신이 해악마저 인연의 한 장면으로 남길 수 있도록 건강했으면 좋겠다. 소년은 비로소 작은 공간에 갇혀 누군가를 탓하는 몰상식은 되지 않기로 마음을 먹었다.

나를 지키려 너를 매도하지 않기로 했다.

유작

웃었다. 그렇게 마침표를 찍었다. 혹독했던 생애를 살아
내며 비대해진 꿈과 희망만큼이나 무거운 압박감을 지
녀왔다. 이상에 대한 갈증은 볼품없는 현실을 감추기 위
함이었던가. 정말로 세상을 조금 더 낫게 만들려는 신념
이었던가. 마침표를 찍은 나로서는 이제 이 물음을 되뇔
여력이 없다. 계기는 기적이 되고, 기적은 누군가에게는
또 다른 기적의 계기가 된다. 피지 못한 꽃을 태워 만든
한 줌의 글이 당신의 하루에 용기가 될 수 있다면 나는
기어코 몸을 내던질 수 있다.

찾아오는 따스함은 봄에 시작을 알리는 듯했다. 착각에
빠질 무렵 이제는 다가갈수록 뿜어내는 거친 열기에 숨
을 쉬기 어렵다. 사랑하는 이들을 걱정시키지 말자는 핑

계로 며칠간 입을 꾹 닫고 웃었다. 슬프게 기억되고 싶지 않았다. 원치 않는 태생에서 시작해 끊을 수 없는 혈연의 증오 속에서 멍들어버린 아이는 결국 어른이 되지 못했다. 그저 같은 세상을 살아가는 아이들을 안아주고 싶었다. 허나 세상은 꽤 병들어 있었고, 나는 이 작은 감기를 이겨낼 겨를이 없다. 누구도 나의 병을 명명하지 못하듯이.

근래, 사랑하던 이가 핏덩이를 남기고 떠나버렸다. 목숨을 부지하려 무수히 많은 무고를 죽이는 악인들은 여전히 무소불위다. 이런 불의에 대항하며 깨달은 것은 필자의 한없이 무기력한 더러운 모습이었다. 이제 누구도 상처 주고 싶지 않다. 어깨들의 걱정을 덜어주고 싶다. 어머니가 나를 뱄을 적 나이가 된 나는 여전히 그때 그 소녀의 마음을 헤아릴 수 없다. 홀로 남은 나의 가족이 되어준 몇몇 이들도 언젠가 적절한 마침표를 찍을 날이 올 테다. 그때가 되면 웃으며 연착륙한 나의 이야기가 용기가 되리라 믿는다.

나는 실패했다. 그러니 당신은 꼭 성공하길 바란다. 꿈은 먼 곳에 있다 믿었고 이에 피나도록 달려왔으나 사실 가까운 곳에 있었다. 최근 떠날 채비를 하다 보니 그대들이 나의 꿈이었다. 나는 이미 이룬 꿈속에서 멋쩍게 허상을 헤엄친 꼴이 돼버렸다. 예쁜 웃음은 아니지만 기억하기 나쁜 미소는 아닌 듯해서. 한 장의 사진을 찍었다. 앞으로는 며칠간 멋진 새벽을 보낼 예정이다. 그러다 새근새근 잠이 들면 우리가 바라보던 새벽 무수한 이별 속 작은 빛이 떠 있을 거다.

마음껏 웃고 가라, 슬프면 울고 가라. 작은 일에 무한히 행복하고, 초라한 불안에 지지 마라. 누구보다 소중하고 기적 같은 당신이니까.

다시는 별이 되지 않겠습니다

초판 1쇄 발행 2024년 9월 23일
초판 1쇄 인쇄 2024년 9월 23일

지은이   시소년

디자인   포레스트 웨일
펴낸이   포레스트 웨일
펴낸곳   · 포레스트 웨일
출판등록   제2021 - 000014 호
주소   충남 아산시 아산로 103-17
전자우편   forestwhalepublish@naver.com

종이책   979-11-93963-43-2

작가님들과 함께 성장하는 출판사
포레스트 웨일입니다.
작가님들의 소중한 원고를 받고 있습니다.
forestwhalepublish@naver.com